QUE RIEN NE TREMBLE

DE LA MÊME AUTEURE :

Respire, Fayard, 2001 ; Le Livre de Poche, 2003
Le Carnaval des monstres, Fayard, 2005 ; Le Livre de Poche, 2007
Notre vie antérieure, Fayard, 2014 ; Le Livre de Poche, 2016

Anne-Sophie BRASME

Que rien ne tremble

Roman

Fayard

Couverture :
Conception graphique : © Jeanne de Nîmes
Motifs : © Ursula Page/Shutterstock

Les citations de Virginia Woolf sont tirées de *Les Vagues*,
traduction de Marguerite Yourcenar, éditions Stock, 1974 ;
Livre de Poche, 2012.
p. 11, 12, 13, 35 et 98 : extraits de la chanson « Câlin Calinou »,
écrite par Corinne Albaut

ISBN : 978-2-213-71218-5

Dépôt légal : avril 2021

À Norma,
À Eda,
À Juliette, Laure-Élise et Apolline,
À vos forces qui me portent.

« Et je me demande par quelle fissure
l'ombre pourrait entrer dans ma vie. »

Virginia Woolf, *Les Vagues*
(traduction : Marguerite Yourcenar).

Je te tiens dans mes bras, ma Colombe.

J'enfouis mon nez dans tes cheveux. Odeur de cacao, de shampoing à la mûre et de sueur d'enfant. Je te respire de toutes mes narines, comme tu le fais avec ton doudou quand tu es fatiguée. C'est ce que je te dis parfois pour t'amuser, en fait c'est toi mon doudou, et je me mets à te renifler la peau comme un chien fou, jusqu'à te faire exploser de rire.

Cette nuit, tu seras plume,

Tu seras oiseau…

Contre moi, ton petit corps est aussi mou que ton Pierrot en peluche, celui que tu as un jour élu parmi une horde de concurrents. Comme ses grands bras pendouillent et que sa petite tête triste part toujours de côté, un jour on l'a baptisé « Pierrot Flagada ». Tu as dû le prendre en pitié, ce pauvre ami fatigué, car depuis que tu es bébé tu le trimballes partout avec toi. Il est tout le contraire de toi, ce doudou, comme un double inversé, amorphe alors que toi tu ne tiens jamais en place. Il faut dire que tu lui as mené la vie dure à ce bonhomme. Tu l'as tellement mâchouillé, roulé entre tes doigts, trituré, que son bonnet ne tient plus qu'à un fil et que ses jambes s'effilochent. Mais malgré son contact râpeux et son air un peu déglingué, il porte toujours cette odeur de lessive, de sommeil et de matin embrumé qui te calme dès que tu le respires. Lui seul sait t'apaiser, petite furie que tu es.

Tu voleras vers la lune

Loin de ton berceau…

Ne t'inquiète pas, ma Colombe. Je te bercerai le temps qu'il faudra ; si tu veux, je ne m'arrêterai pas de chanter. Je te ferai tous les câlins que tu veux, tous ceux qu'on a imaginés, et plus encore, les câlins broyeurs qui serrent très fort, les câlins tartine, je suis le pain et toi le chocolat, et les bisous aussi, bisous rafales ou tout-lents-comme-un-éléphant, toutes les façons possibles de te cajoler, pour toi, ma Coco, je les inventerai. Je t'éclabousserai de rires, de frissons et de folie ; je ferai tomber sur toi une pluie de tendresse et d'étoiles. Je me ferai fée, virevoltante, magicienne, toujours bonne et rassurante – et quand je me pencherai sur toi, je transformerai chaque moment de ta vie en une bulle irisée. À partir de maintenant, Colombe, je te promets la douceur.

Je n'entends pas Jacob qui pleure dans le transat, et je ne sais pas combien de temps se passe avant qu'Antoine ne rentre enfin à la maison avec les grandes qu'il est allé chercher à la gare. Je me demande simplement par quel moyen je vais pouvoir me détacher de toi et ne plus serrer contre moi la chaleur de ton petit buste qui tremble. Tu ressembles à un oiseau qu'on tient dans ses mains, si j'écoute bien je peux sentir ton cœur qui pulse, « Sylvia, qu'est-ce qui se passe ? », s'il bat c'est que tout va bien après tout, Antoine hurle quand il te voit, Adèle et Rose restent pétrifiées sur le seuil de ta chambre, ne t'inquiète pas ça va aller, bientôt tu bondiras de nouveau, légère et furtive, toi ma Colombe, mon oiseau, ma force.

… Et au matin gris
Tu redescendras bien sage
Dans ton petit lit.

Première partie :
Rencontres

Six heures

Réveil en tétanie. Dos en nage, cheveux trempés. Écarquillement des paupières. Vacillement des formes et des contours. Il lui faut plusieurs secondes pour percer l'obscurité et retrouver, comme à tâtons, la conscience des choses. La chaleur d'Antoine endormi à côté d'elle. Le radioréveil qui affiche cinq heures cinquante. La certitude que Colombe va bien, qu'elle est rentrée hier à la maison, et qu'aujourd'hui elle va fêter ses vingt ans.

Impossible de retrouver le sommeil. Elle se lève, un peu chancelante. La maison est encore tout endormie. Elle la traverse à pas de loup. Passe devant les chambres des grandes, depuis longtemps transformées en lingerie et chambre d'amis ; puis celle de Jacob, antre d'adolescent dans lequel elle n'a bien sûr plus droit d'entrer ; et enfin, celle de Colombe. Comme quand elle était bébé, elle entrebâille la porte juste pour s'assurer qu'elle respire. Dans l'obscurité, elle ne distingue rien d'autre qu'un amoncellement de frusques sorties d'une valise et un lit en bataille dans lequel tout son corps semble avoir été englouti. Mais en tendant bien l'oreille, elle peut percevoir le bruit de son souffle, quelque chose qui ressemble à une caresse.

Voilà, se dit Sylvia tout en refermant la porte derrière elle. La journée peut commencer.

Et pourtant, les restes du cauchemar, ce souvenir atroce de l'année de ses quatre ans, continuent de s'accrocher à elle comme des petites griffes. Tout en descendant l'escalier, elle a l'impression de tituber. Autour d'elle, la réalité semble ankylosée, légèrement désaxée. Une éternité qu'elle n'avait plus rêvé de ça. Voilà longtemps maintenant qu'elle se croyait débarrassée de ces images, comme si toutes ces années lisses et rassurantes avaient fini par colmater les brèches du traumatisme. Pourquoi tout cela lui revient-il en pleine face ce matin, alors que cette époque lui semble si lointaine à présent ?

Par un mécanisme réflexe, une façon quasi instinctive de reprendre le contrôle, Sylvia se raidit – et aussitôt se déroule dans sa tête toute la liste des tâches à exécuter, menu, décoration, derniers rangements avant que les invités n'arrivent. Dans quelques heures, le salon sera rempli ; des voix se mêleront de toutes parts, des tintements de couverts, des crissements de chaises, des éclats de rire. Debout au milieu du séjour, son café entre les mains, Sylvia essaye de superposer aux reliquats de la nuit les images de la journée qui s'annonce : Colombe rayonnante au milieu des invités, toute la famille rassemblée autour d'elle, et elle-même en hôtesse discrète et efficace, mère de famille comblée.

Elle fait glisser la porte coulissante qui donne sur la terrasse. Sous les mailles de son cardigan, ses épaules frissonnent. On est fin octobre ; les feuilles jonchent le jardin comme des éclaboussures ocre et rouges. Mais le soleil poudroie déjà entre les arbres. Ce sera une belle journée. S'il ne fait pas trop frais, on pourra peut-être s'installer ici, dehors, ne serait-ce que pour boire le crémant.

Pour les vingt ans de sa fille, Sylvia a tout prévu. Après plusieurs tergiversations, elle s'est finalement décidée : ce sera un buffet, façon brunch américain. Il y aura des tartes au potiron, des muffins au bacon, des gaufres et des bagels. Le traditionnel gâteau en pâte à sucre repose au frais depuis hier. Adèle et Rose apporteront des scones et des pancakes ; quant à « Mamie Blue », comme toujours, elle viendra avec un kouglof qui n'a rien d'américain, mais qu'on gardera pour le petit-déjeuner de demain.

Pour l'heure, tout est calme. Elle a encore un peu de temps avant de s'y mettre. Adossée au mur, sa tasse tiède entre les mains, elle s'attarde à regarder son jardin qui s'étend devant les vignes. Oui, ce sera une belle journée – et elle pense à Colombe, à la jeune femme qu'elle est devenue. « Ma fille a vingt ans. » Elle pèse chacun de ces mots, comme pour mieux chasser d'elle les sensations de la nuit, et quelque chose en elle s'apaise. Les petites griffes commencent à se desserrer ; les images du cauchemar s'effilochent doucement. Elle retrouve son épaisseur.

« Ma fille a vingt ans. »

Oh, elle pourrait parler d'elle pendant des heures – de son énergie, de ses batailles et de ses victoires, de ses études de droit, de ses médailles de karaté, tout ce qui la rend si fière d'elle. Parler de sa beauté, garçonne, solaire, de ce visage qui ne ressemble pas au sien et dont elle s'étonne encore parfois qu'il soit celui de sa fille – ces taches de rousseur, ces boucles fauves, et puis ce regard vert et bronze, ce regard qui saisit tout, qui comprend tout, d'où peut-il bien venir ? Parler, aussi, de son fichu caractère, cette façon qu'elle a de s'emporter dès qu'une situation lui semble injuste, de rayer de sa vie quiconque l'a blessée, cette radicalité qui la rend parfois presque dangereuse, comme si Sylvia elle-même en était menacée. Elle connaît par cœur ses exigences, ses ruses et sa pudeur, tout ce qui compose la carapace qu'elle s'est construite avec les années ; mais aussi l'amour inconditionnel qu'elle porte à ses demi-sœurs et à son petit frère, sa loyauté à toute épreuve, et sa force surtout, sa force incroyable qui, quand elle était petite, déjà, la sidérait. Jamais peur de rien sa Colombe, droite, fière et inflexible – là où à son âge elle-même était encore si faible et poreuse. C'est comme ça qu'il y a deux ans elle a décidé de s'installer à Montpellier pour sa licence de droit, sourde à toutes les doléances de sa mère, pour plus tard passer le concours de police et devenir officier dans la PJ. Sylvia s'en souvient encore, de ce jour où elle leur avait annoncé son projet – elle était en terminale et avait convoqué ses parents dans le salon ; sa détermination les avait laissés pantois. Quoi, alors c'est cela, tu veux vraiment devenir *flic* ? Et elle l'avait imaginée, comme dans les séries policières, entrer sur une scène de crime avec son flingue et son brassard, entourée de machos avec qui elle devrait rivaliser. Elle ne pouvait pas y croire, elle, Sylvia, l'intellectuelle un peu fragile que la vie avait toujours préservée des crasses de la société : comment sa fille pouvait-elle faire carrière dans cet univers si éloigné du sien ? Et pourtant, c'était une évidence. Enfant déjà, quand ses copines rêvaient d'être princesses, Coco clamait haut et fort que, plus tard, elle attraperait les méchants, qu'elle les écrabouillerait, qu'elle les mettrait à la poubelle. Sylvia faisait semblant de s'émerveiller, avec toi, ma puce, ils n'auront qu'à bien se tenir – mais au fond elle n'envisageait rien d'autre pour elle qu'un chemin studieux et raisonnable, comme celui que ses sœurs avaient suivi. C'était fermer les yeux sur ce qu'elle était vraiment. Mais quand elle la regarde à présent, si ferme et résolue, elle ne peut concevoir pour elle d'autre destin.

Aujourd'hui, Colombe termine sa licence, et l'an prochain déjà, si tout va bien, elle entrera à l'École de police. Oh, elle se débrouille bien là-bas, à Montpellier, rien à dire là-dessus, elle l'impressionne. Au début, Sylvia allait régulièrement la voir, elle prenait le train et restait quelques jours dans son petit studio du quartier étudiant. Elle venait toujours au moment des partiels, histoire de soutenir sa fille et de gérer l'intendance pour qu'elle n'ait à s'occuper de rien – linge, courses, ménage à fond. Quand elle arrivait, le studio était dans un état déplorable, vaisselle entassée, draps crasseux, frigo vide. Mais comment faisait-elle pour vivre là-dedans ? Alors, pendant des heures, tandis que Coco passait ses examens, elle nettoyait à coups de lingettes antibactériennes, et tout en frottant, elle répétait sa petite formule magique, *Pourvu qu'elle réussisse, mon Dieu je vous en prie* ; elle faisait briller le lavabo, désinfectait chaque recoin, *Pourvu qu'elle réussisse*, et bien qu'elle n'y connaisse rien en droit, elle se concentrait mentalement sur sa copie pour lui envoyer toutes ses ondes positives. Elle se demandait : a-t-elle suffisamment révisé ? A-t-elle toujours été sérieuse, assidue ? Car elle avait beau ne pas douter une seconde de l'intelligence de sa fille, elle connaissait aussi sa tendance à la procrastination, ce manque de confiance en elle qui la gagnait quelquefois et pouvait d'un moment à l'autre la faire tout plaquer sur un coup de tête.

Parfois, comme ça, elle s'asseyait à son bureau. Il y avait un tel foutoir là-dedans que c'était à se demander comment Colombe pouvait s'y retrouver. Sylvia repensait à ses propres années d'études, ses cours soigneusement classés, l'application presque religieuse avec laquelle elle prenait ses notes. Si elle avait osé, elle aurait tout remis en ordre là aussi ; mais bien sûr, ça aurait fait bondir Colombe. Du bout des doigts, elle se hasardait simplement à feuilleter ses cours, blocs-notes remplis d'une écriture serrée, compacte, pattes de mouche à peine lisibles. Elle s'agaçait de ses fautes d'orthographe, comme à l'époque de l'école primaire où elle s'arrachait les cheveux sur ses cahiers. Soupçonnant un déficit, une séquelle de l'accident, elle l'avait emmenée chez une orthophoniste quand elle avait huit ans ; tous les tests étaient bons ; elle en était venue à croire que sa fille le faisait exprès, uniquement pour faire enrager la littéraire consciencieuse qu'elle était. Il fallait l'admettre : Colombe n'était pas une intellectuelle. Ses études étaient laborieuses. Quand bien même elle validerait ses partiels, elle ne finirait jamais avocate ou magistrate. Mais qu'importe après tout ? N'était-elle pas fière de voir sa fille aller au bout de ce qu'elle était, devenir la meilleure part d'elle-même ? Car d'aussi loin qu'elle se souvienne, Colombe n'avait jamais été faite que pour cela : se heurter à la vie. Quitte à se prendre des coups, à mordre la poussière, à braver la pire racaille de la terre. Ce n'était pas d'une juriste qu'elle avait l'âme : c'était celle d'une justicière.

Une fois son ménage fini, en fin d'après-midi, Sylvia s'asseyait sur le petit clic-clac, et puis elle attendait. La lumière traversait la baie vitrée, dansait sur le linoléum. Un silence étrange envahissait la pièce. Elle prenait soudain conscience du vide qui l'entourait. Une sorte de vertige doucereux s'enroulait dans son ventre. Comme si, sans Colombe, sans plus rien à faire pour sa fille, quelque chose en elle se délitait.

Quand Coco rentrait enfin, elle était d'une humeur épouvantable. C'est mort, j'ai tout foiré, disait-elle en s'effondrant sur le canapé. Sylvia s'efforçait de la consoler, mais non, tu verras, ne t'inquiète pas ; pour lui remonter un peu le moral, elle lui dressait l'inventaire de tout le travail accompli en son absence, lui montrait le frigo rempli, les vêtements repassés empilés dans l'armoire, et même les plaques de la gazinière décrassées à l'huile de coude – mais bien sûr, ça lui passait complètement au-dessus ; et puis je te l'ai déjà dit, maman, les lingettes, c'est pas bon pour la planète.

Le dernier soir, elles allaient manger au restau japonais, Colombe engloutissait ses makis comme si elle ne s'était pas nourrie depuis des mois, et pendant ce temps, Sylvia lui racontait les dernières frasques d'Antoine, évoquait de vieux souvenirs d'elle et de Jacob, elle parlait, elle parlait, rien que pour voir le visage de sa fille se détendre peu à peu, rien que pour ce moment où, soudain, son rire fusait dans le restaurant, et où elle pouvait se rassurer : elles étaient encore complices. Puis elles rentraient, et sur le chemin, parfois, ô moment béni, Colombe la prenait par le bras, allez viens, maman, on va boire un petit verre ; et Sylvia minaudait, oh, ce n'est pas raisonnable, juste pour le plaisir de la voir insister. Elle finissait par la suivre jusqu'à la terrasse d'un bar étudiant, où sa quarantaine lui semblait affreusement embarrassante ; elle commandait un gewurtz, et ça faisait sourire Colombe, ce petit côté bourgeoise de province. Elles terminaient la soirée comme ça, l'une avec son verre de blanc et l'autre son *mojito*, devant la nuit naissante et la rue qui s'animait. En général, c'est là que le moment de grâce retombait. Les pulsations de la musique rendaient toute conversation impossible ; et puis de toute façon, pour être honnête, elles n'avaient plus grand-chose à se dire. Sylvia le voyait bien, Colombe se renfermait à nouveau, quelque chose de sombre passait dans son regard, et elle sentait que cette promesse d'amitié mère-fille tout à l'heure esquissée venait une fois de plus de lui échapper.

Alors elle se taisait et se contentait de regarder sa fille – ses yeux vert et bronze, ses cheveux blond vénitien et sa peau diaphane, tout ce qui aurait pu lui donner l'air d'une jeune muse de la Renaissance, mais qu'elle s'évertuait à faire oublier sous son corps musclé et ses manières un peu bourrues. Et elle se demandait comment cette jeune personne en face d'elle, si libre, si entière, pouvait être le prolongement de l'enfant fluette et malhabile qu'elle avait été autrefois. D'où venait cette force en elle, cette audace qui la rendait capable de faire une démonstration de kata à trois heures du mat' au mariage de sa sœur, de passer ses vacances à arpenter les festivals en dormant dans une tente et de remettre à sa place n'importe quel emmerdeur ? « C'est ma fille », se disait Sylvia – et qu'importe que leur relation ne soit pas celle au fond qu'elle avait espérée. Elle était sa fierté.

Une fois rentrées au studio, elles se couchaient côte à côte sur le petit clic-clac inconfortable déplié au milieu de la pièce. Sylvia sentait près d'elle le grand corps fuselé de sa fille, ce même corps qui, des années plus tôt, venait se faufiler dans son lit et la couvrait de câlins ; ce corps que la pudeur aujourd'hui tenait éloigné d'elle. Elle était tellement épuisée et étourdie par le vin qu'elle s'écroulait de sommeil et se mettait à ronfler – alors, pour la faire taire, Colombe pestait en se retournant dans tous les sens, maman s'te plaît la prochaine fois prends un hôtel. Elle finissait toujours par dire cela à un moment ou à un autre. Sylvia n'y accordait pas vraiment d'importance. Mais quand venait le moment du départ, il n'y avait jamais de grandes effusions. Jamais de « maman, tu vas me manquer ». Jamais de larmes et d'embrassades. Sur le quai de la gare, Colombe s'impatientait ; elle tendait pudiquement le front, regardait ailleurs, puis s'éclipsait sans attendre le départ du train. Comme si deux jours passés en tête à tête avec sa mère étaient la limite de ce qu'elle pouvait supporter.

Un vent frais balaye la terrasse, sort brusquement Sylvia de sa torpeur. Bientôt sept heures. Elle s'engouffre à l'intérieur, retrouve l'enveloppe rassurante de la maison. Elle en aime le silence capitonné, les lignes sobres, la surface lisse des grandes dalles en béton ciré. Colombe dit toujours d'elle qu'elle est trop casanière – et c'est juste : il n'y a qu'au milieu de ces solides piliers qu'elle se sent en sécurité.

À l'étage, Antoine prend sa douche ; Colombe et Jacob sont partis pour une longue grasse matinée. Pour elle, en revanche, c'est l'heure de se mettre à l'œuvre. La matinée va être chargée. Tout doit être parfait. Elle s'installe à la cuisine, face au jardin. Sort du congélateur la pâte brisée faite en avance, prépare les moules à tarte, puis s'attaque aux légumes. Ses gestes sont précis, mécaniques, exécutés presque sans y penser. Comme si elle était restée en dehors d'elle-même, incapable de s'ancrer dans le moment présent.

Montpellier… Cela fait longtemps maintenant qu'elle n'y est plus retournée. En deuxième année, Coco a quitté son petit studio pour un grand appartement en colocation avec plusieurs jeunes de son âge. Alors, bien sûr, hors de question d'aller la déranger.

Elle n'ose pas imaginer le bordel qui doit régner là-bas, au vu des innombrables soirées dont Colombe poste les images sur les réseaux sociaux. Elle guette souvent son profil, les selfies pris depuis une terrasse, à la plage ou en boîte de nuit, photos d'elle grimaçant, faussement boudeuse ou riant aux éclats, autoportraits en contre-plongée entourée de potes, visage éclaboussé de taches de son, éternellement mutin sous les boucles cannelle désormais sculptées par une coupe courte. C'est comme ça qu'elle a découvert un jour que sa fille s'était fait tatouer, pas un petit tatouage de rien du tout non, un vrai dessin tribal qui lui mange toute l'épaule et le haut du bras, quelque chose de noueux, de compliqué, dont elle n'a jamais vraiment saisi le sens. Après tout, elle ne sait pas la moitié de ce qu'elle fait, elle est tellement secrète sa Colombe, impossible de savoir si elle a quelqu'un dans sa vie, ou même si elle préfère les filles ou les garçons. Oh, elle ne se fait pas d'illusions : elle se doute bien que sa fille est loin d'être toujours raisonnable, qu'elle fume trop, qu'elle boit trop, et que quoi qu'elle dise elle n'en fera jamais qu'à sa tête. « Elle est comme ça, ma fille », c'est ce qu'elle dit tout le temps quand elle parle d'elle : un phénomène, un caractère. « Elle est comme ça, ma Colombe. » C'est ce qu'elle claironnera encore tout à l'heure devant les invités, pour leur faire croire qu'elle la connaît mieux que personne – mais tout cela est-il bien vrai ?

Sa main tremble légèrement, et il lui semble que ce n'est pas seulement elle qui frémit, mais les carreaux de la crédence sous ses yeux.

Soudain, cela monte en elle comme une bouffée. Cette possibilité qu'un jour elle lui échappe. Elle la revoit à quatre ans, la tête ballante, perdue dans les limbes, et la conscience de sa fragilité, le souvenir de la facilité avec laquelle elle aurait pu la perdre lui reviennent en plein visage.

« Vingt ans » ; elle se répète encore ces mots, à voix haute cette fois, pour s'obliger à rentrer dans son corps, à stabiliser les choses autour d'elle. Et tout en rinçant ses mains sous l'eau froide, elle se souvient que Colombe est là maintenant, tout près d'elle, dans sa chambre d'enfant ; que d'ici quelques heures elle sera debout, et que, le temps d'un week-end au moins, elle sera toute à eux.

Alors, tandis qu'Antoine apparaît dans l'escalier, jovial, manches retroussées – « Tu as besoin d'aide ? » – signifiant par là même la fin de sa solitude et le début officiel du branle-bas de combat, elle se ressaisit. En un broiement mental, elle lamine en elle les derniers lambeaux de la nuit, ces images d'elle il y a seize ans, hagarde, rencognée, suppliant que Colombe vive.

Qu'elle se rassure : son rêve est loin maintenant.

I

« Courage, Sylvia. La nuit va être longue. »

C'est le dernier texto que j'ai reçu d'Antoine, resté à la maison avec les filles et le bébé. Je sais que lui non plus ne dormira pas, que chacun de notre côté nous nous apprêtons à plonger dans un monde inconnu et engourdi. Une infirmière passe voir si tout va bien. « Vous savez, votre fille est entre de bonnes mains, on vous donne des nouvelles dès que possible, et si vous avez besoin de quoi que ce soit surtout n'hésitez pas. » J'entends le bruit de ses pas qui s'émousse dans le couloir. Et voilà. Je suis seule.

La nuit va être longue.

Je prends ma respiration, comme avant une apnée – d'ailleurs il y a bien quelque chose d'aquatique dans l'endroit où je me trouve, un silence d'étoupe, une pesanteur dans laquelle il serait presque bon, je le sens, de me laisser dissoudre.

J'attends.

Immobile. Inflexible. Comme si rester là sans bouger, arc-boutée, muscles tendus, m'aiderait à résister au sommeil. À tout prix, m'interdire de sombrer. Cette nuit sera peut-être la plus longue, mais je tiendrai bon. Je veillerai.

Quelle mère pourrait se laisser aller au sommeil à un moment pareil ?

La première chose à laquelle je pense, spontanément, c'est l'automne où Colombe est née. Je me rappelle les feuilles jaunes qui craquaient sous mes pas tandis que je longeais les berges de la Moselle. La sage-femme m'avait conseillé de marcher ; tous les matins, j'allais pendant des heures traîner mon corps énorme le long du Plan d'eau. Je traversais les quais, passais entre les allées de marronniers, faisais le tour du bassin, espérant ainsi accélérer le processus. Depuis le début de ma grossesse, je priais pour qu'elle naisse avant le 22 octobre, date à laquelle commence la nouvelle période du zodiaque. « Scorpion, c'est pas possible, disais-je à Antoine – qui évidemment ne croyait pas un mot à ces histoires d'astrologie. Elle va nous en faire voir de toutes les couleurs. » Et bien sûr, comme pour me narguer, elle est arrivée le 23, à cinq heures du matin.

Le Scorpion fait preuve d'une puissance phénoménale. De lui émane un magnétisme envoûtant. Mais cette force est aussi lumineuse que destructrice et peut tout ravager sur son passage.

Scorpion, elle l'est dans toute sa splendeur et sa radicalité. À la fois ombre et lumière. Passion et destruction. Petite reine autoritaire qui aime quand elle le veut, et qui hait de toutes ses forces quiconque la déçoit.

Longtemps j'avais gardé en moi le rêve d'une petite fille sage et posée, affairée à dessiner ou à jouer à la poupée pendant des heures ; une petite fille aux cheveux tressés, qui ne crierait jamais et garderait toujours sa main dans la mienne quand on traverserait la route. Au lieu de cela, et malgré tous mes efforts pour l'éduquer comme il se doit, j'ai dû me rendre à l'évidence : Colombe est *une enfant difficile*.

Le genre de gosse qu'on regarde se rouler par terre dans les supermarchés en se disant : « Mais que font les parents ? »

De ceux qui recrachent leurs légumes, refusent de dormir et ne vous fichent la paix qu'au prix de dessins animés.

De ces impertinents qui obtiennent tout ce qu'ils veulent et font de leurs parents des victimes serviles.

« De mon temps, les gamins n'étaient pas aussi gâtés. »

« Si tu ne lui donnes pas de limites maintenant, c'est foutu. »

« Tu es dure avec elle, sois plus à l'écoute. »

« Vous êtes peut-être trop fusionnelles. »

Colombe. Nez retroussé, taches de rousseur. Tignasse indémêlable de boucles rousses, dont je n'ai jamais rien pu faire. Un mètre zéro huit, dix-sept kilos : c'est ce qui est indiqué dans le carnet de santé que j'ai donné à l'infirmière en arrivant. Petit corps gracile aux cuisses de jeune lévrier, nerveux, tendu, toujours à courir même pour le trajet le plus anodin, ramasser un crayon ou jeter quelque chose à la poubelle ; les jambes sans cesse en tension, sur la pointe des pieds comme les danseuses, ce qui la rend toujours un peu vacillante, un peu bancale. Elle est ma funambule, mon acrobate ; sauf qu'elle n'a rien d'agile, sans cesse elle trébuche, se cogne partout, petite étourdie, inconsciente qu'elle est de l'espace qui l'entoure. « Fais attention ! » – c'est ce que je lui crie tout le temps, sur le chemin de l'école, au square, sur les parkings, « Colombe, fais attention ! », cent fois par jour, je lui dis, quand elle saute sur le lit, escalade le canapé ou dévale les escaliers, mais jamais, jamais elle ne m'écoute.

Elle est comme ça, ma Coco, ma Colombine, malgré ce prénom qu'on lui a choisi pour la paix qu'il inspire, sans penser que nous aurions à la place un petit animal rétif et indomptable. Son énergie a toujours débordé et dévoré la mienne. Les jeux calmes l'ennuient ; elle est incapable de tenir en place cinq minutes. « Tu veux faire un puzzle ? Un dessin ? Tu veux que maman te montre les lettres Montessori ? » Mais non, Colombe ne veut pas. Colombe se fiche de dessiner des bonshommes en trois parties, de faire travailler sa logique ou sa motricité fine. Ce dont elle a besoin, c'est de chocs, de souffle et de vertiges. Qu'on fasse la course dans le jardin, puis qu'on s'écroule dans l'herbe. Qu'on la fasse tourner dans les airs jusqu'à l'étourdissement. Qu'on se bagarre pour de faux, poings serrés, et que cela se termine en partie de chatouilles tonitruantes. « Allez viens, maman, on va faire *la bagarre* », dit-elle en me prenant la main ; « Cinq minutes alors. » Elle réclame des roulés-boulés sur le lit : enlacées l'une contre l'autre, face à face, nous dévalons le matelas de long en large. Quand elle est au-dessus de moi, je sens ses boucles rêches me titiller le visage, et leur odeur me remplit. Je tiens contre moi son petit corps gringalet, mouvant comme une murène, craignant toujours un peu de lui écraser la cage thoracique, mais non elle adore ça, « Allez, maman, encore une fois ! » Je suis épuisée, elle revient à la charge, m'escalade, s'accroche à mon cou jusqu'à l'étranglement, et il faut toujours se débattre pour me détacher d'elle, petite guenon sans cesse pendue à moi.

« Bon, ça suffit maintenant. »

Mais, sourde à toutes mes remontrances, elle continue de courir, de tourner en rond en chantant à tue-tête, de grimper sur les meubles en petite créature hystérique. Puis, comme si la réalité se heurtait soudain à elle, elle finit par tomber ou se cogner, et cela se termine en *catastrophe*. Je la retrouve écroulée par terre, visage figé, muette, le souffle coupé, jusqu'à ce qu'un cri de douleur surgisse. Chaque fois, j'ai l'impression que ça transperce quelque chose à l'intérieur de moi et que ma patience tombe en morceaux. « Tu vois, je t'avais prévenue » ; « Ah ! Il fallait écouter maman. » Ô combien d'affolements, combien de bleus et de genoux écorchés, d'échardes logées sous la peau transparente et qu'il a fallu retirer à la pince à épiler, sous les hurlements.

Colombe ne connaît pas le repos. Même les câlins les plus doux ne suffisent pas à l'apaiser ; serré entre mes bras, son corps refuse de se détendre, et rapidement elle finit par m'échapper. Nos contacts ont perdu leur tendresse ; ils ne sont plus que jeux brusques et empoignades. Cela fait longtemps que je ne l'ai plus bercée, et que mes mains sont devenues impuissantes à la calmer. (Car au monde il ne reste plus que deux choses capables de le faire : son doudou Pierrot et l'écran de la télévision.)

Le pire, c'est le soir. Bébé déjà, c'était tout un cirque pour la coucher, il fallait se plier à un cérémonial compliqué, fait de mille précautions, pour obtenir d'elle quelques heures de sommeil. Malgré la pénombre, les murmures, les chansons douces, elle ne tient jamais en place. « Allez, petites jambes, calmez-vous », et infiniment je les lui masse, passe ma main sur la peau toute chaude, jusqu'à ce que ses muscles cessent de se tendre. « Doucement, Colombe, doucement. » Mais à peine commence-t-elle à lâcher prise que le moindre baiser posé sur sa joue suffit à la faire exploser de nouveau, chatouilleuse qu'elle est, à fleur de peau, et son rire de dents de lait fuse au milieu du silence. Alors je m'énerve, « Maman est fatiguée », et ses jambes tambourinent à nouveau sous la couverture, « un-deux-trois je te préviens », elle rit de plus belle, (une fois), la couette vole, (deux fois), ses pieds cognent mon ventre, (trois fois, c'est fini), alors je pars en claquant la porte – et c'est là, en général, que la Tempête déferle.

Les colères de Colombe sont si spectaculaires que j'ai fini par lui donner ce nom. Au début, pour la contenir, j'avais mis au point tout un tas de stratégies inspirées des plus doctes spécialistes de la petite enfance : 1) respirer calmement, 2) s'isoler sous la tente Ikea (rebaptisée « la cabane à colères », et dans laquelle j'avais entassé tout un tas de doudous défouloirs), 3) pousser un cri de ninja en fendant l'air avec ses mains. Et quand cela ne marchait pas, que la tempête déferlait, je me contentais de la serrer dans mes bras, malgré les torsions de son corps pour s'extirper de moi. « T'es méchante ! » hurlait-elle, « Je t'aime pas, je t'aime pas ! », et je sentais la morsure de ses petites dents sur mon poignet. « Non, Colombe, non ! » Je tenais bon, étreignais plus fort le petit animal en furie, et les yeux clos, sous les cris, je chantais *« Cette nuit, tu seras plume, tu seras oiseau… »*. Cent fois je le répétais, comme un mantra, une incantation. J'étais devenue la prêtresse de la Tempête, entièrement dévouée, prête à tous les abaissements pour obtenir sa clémence.

Mais cela n'a duré qu'un temps. Maintenant, je suis trop épuisée, trop inconsistante pour contenir quoi que ce soit. Et souvent, avant même d'avoir essayé de la calmer, ce sont mes propres digues qui cèdent les premières. L'hystérie de Colombe me devient intolérable ; je ne la *mérite pas*. Cette seule idée suffit à faire ressurgir mon propre monstre intérieur, et je sens la rage comprimée en moi toute la journée se libérer d'un coup.

« Tais-toi ! Tais-toi ! Tais-toi ! »

Alors le câlin se termine en corps à corps.

Quand je me rappelle ces moments, c'est surtout leur sidérante solitude qui me revient. Où était Antoine ? Pourquoi ne prenait-il pas le relais ? Car il lui suffit souvent d'être là pour que, comme par magie, les choses s'apaisent. Sous sa voix grave et posée, sous ses gestes calmes, Colombe devient soudain docile. Je les laisse tous les deux, si soulagée que j'en oublierais d'être jalouse de leur complicité. Mais depuis que nous nous sommes installés ici, à Guelbsheim, je me retrouve quasiment seule à m'occuper des enfants. « Réunion toujours pas terminée, désolé » ; « Bouchon, j'aurai du retard » ; « Ne m'attendez pas pour le repas, bisous mes trésors. » Et les heures s'égrènent les unes après les autres. Je guette les phares de voiture à l'angle de la rue, le crissement des pneus à l'entrée du garage ; en attendant, il suffit de *tenir*. « Tiens bon » : c'est ce que je me répète à longueur de temps, au milieu des crises comme des moments d'ennui, tenir bon jusqu'à ce qu'il rentre, tenir jusqu'au week-end où nous serons enfin tous ensemble – et puis le week-end arrive et c'est la même absence, Antoine passe son temps sur le chantier pour rénover la maison, il court, obnubilé qu'il est par des histoires de travaux et de délais de livraison ; et Colombe et moi on reste là, dans ce petit pavillon de location qui donne sur les champs de maïs et que je ne peux plus supporter. Les journées passent dans le lotissement sans vie, bruits de télé allumée dans le salon, Lego en vrac sur le sol, Jacob n'a que trois mois et tète sans arrêt, parfois je suis sans force et les bras me lâchent, alors je laisse Colombe hurler dans sa chambre et je reste adossée contre la porte, à sentir ses pieds et ses poings tambouriner derrière moi tandis que Jacob cherche le sein – tiens bon, Sylvia, et soudain mon cœur se ferme. Je n'entends plus rien. Je ne ressens plus rien. Absence d'empathie. Amnésie des moments de douceur, d'émerveillement et de tendresse, amnésie de l'époque de bonheur furieux quand je respirais son odeur de bébé. Tiens bon, abrutie. Tiens bon jusqu'au jour où le silence tombera, et où, rouvrant la porte, tu trouveras un petit corps de quatre ans étalé sur le parquet.

II

Cette nuit, à l'hôpital, je la passe à me demander comment nous avons pu en arriver là, comment les choses ont pu à ce point se disloquer, et par quelle brèche la violence s'est engouffrée dans notre maison.

Je pense à la naissance de Jacob, à la césarienne et au séjour en néonat ; à toutes les nuits où je n'ai pas dormi ; à tous ces moments que je n'ai pas passés avec Colombe, où je n'ai pas joué avec elle pour m'occuper de son frère – et où j'en ai presque été soulagée.

Je pense à notre vie depuis qu'on a quitté Metz pour venir s'enterrer ici, à Antoine, à ses nouvelles responsabilités et ses journées de dingue ; je pense à cette maison que j'ai voulue à tout prix pour ne plus vivre à Guelbsheim, à ce chantier qui n'en finit pas et qui le rend fou, des histoires de taux bancaires et d'assurance, qui depuis des mois nous ont bouffés.

Je pense à cette petite vie que Colombe a eue, elle qui pourtant me paraît parfois déjà si grande, je pense à toutes les erreurs que j'ai commises, la télé trop allumée, les punitions pour des broutilles, mes exigences, mes impatiences, toutes les fois où elle m'a déçue et où je me suis dit *bon sang, mais qu'est-ce que j'ai fait pour avoir une enfant pareille ?*

Et puis je pense au bébé étrange qu'elle a été, si nouée déjà, impaisible, on aurait dit que quelque chose luttait en elle, comme si la vie même la révoltait. Mais plus étrange encore était la « maman » que j'étais devenue avec elle, « maman » moi qui ne savais pas parler aux enfants, « maman » moi qui n'en avais jamais tenu dans les bras, « maman » alors que j'étais moi-même encore si immature.

Je pense à ma grossesse, à ce petit être qui m'était à la fois lointain et familier, et dont le silence et l'invisibilité m'étaient presque inquiétants.

Je pense à toutes les vies que nous avons eues, les lieux que nous avons traversés, toutes ces strates posées les unes sur les autres et qui ont fait de Colombe et de moi ce que nous sommes à présent – et je me demande, quand est-ce que tout a commencé finalement, où se situe l'origine de ce qui nous a construites, elle enfant terrible, moi maman bancale, de ce qui a rendu notre lien à la fois si puissant et si rugueux.

Alors, plus loin encore je remonte. Jusqu'au souvenir de la vie d'avant.

Car il y avait eu une vie sans Colombe. Une vie où son existence même était en suspension, une possibilité au milieu d'une infinité d'autres. Quand Colombe me demande où elle était avant d'être dans mon ventre, souvent je lui dis qu'elle était une *poussière d'étoile* – et je l'imagine, point minuscule dans le cosmos, entourée de milliards d'autres vies potentielles. Par quel fabuleux hasard avait-elle été élue ? J'en viens parfois à croire que ce n'est pas par coïncidence, mais au contraire par une force coriace, invincible, que sa vie s'est arrimée à la mienne.

De cette époque précolombienne, de cette vie antérieure, des images me reviennent. Le petit studio du quartier Taison, son odeur de papier d'Arménie et sa décoration estudiantine, mêlée d'osiers et de papier japonais, de bougies à la cannelle et de vieilles affiches de spectacles. Je me souviens du parquet qui craquait et des taches que la lumière dessinait sur le bois vers l'heure du déjeuner. Je me souviens surtout des matins, de leur silence ouaté, alors que la ville s'animait et que je restais au lit à bouquiner. Quand je le pouvais, je ne quittais ma lecture qu'à onze heures ou midi ; alors une sorte de vertige s'enroulait dans mon ventre, comme une conscience soudaine du silence qui m'enveloppait. J'étais seule. De l'autre côté des murs, c'était l'impatience, l'urgence et le chaos ; mais moi, j'étais là, flottante, hors du temps. Parfois, j'en avais le tournis. Il y avait dans cette sensation quelque chose d'agréable, de presque voluptueux, une conscience de l'instant présent dans laquelle je m'enfonçais – et que je n'ai plus jamais connue une fois que Colombe est venue faire trembler ma vie.

Qu'est-il resté de cette époque ? J'essaye de me revoir à cet âge. Carré châtain, lunettes à monture rouge. Sourire rare, complexé par des incisives un peu trop larges et légèrement chevauchantes. J'avais cet air désaxé d'adolescente embarrassée d'elle-même et en même temps de vieille fille sévère – comme si j'espérais dissimuler ma timidité maladive derrière un classicisme un peu austère. Je me revois marchant dans Metz d'un pas énergique, avec mon cartable en cuir et mes ballerines en daim, traverser le campus et passer devant les étudiants en tentant de me donner une contenance – visage fermé, bonjours discrets – pour ne pas être confondue avec eux. J'avais vingt-six ans. J'enseignais l'anglais aux première et deuxième années, et je terminais ma thèse. Tout cela est si loin à présent, que j'ai l'impression de parler d'une étrangère. « Écrire ou vivre ? La tentation d'un bonheur sans mots dans l'œuvre de Virginia Woolf » : c'était mon sujet de recherche.

Ma vie était solitaire et tempérée. Je n'avais de plaisirs que mesurés et prévisibles : aller marcher le dimanche matin le long de la Moselle ; flâner chez les libraires après le travail ; boire du thé à la bergamote chez Bourguignon. Le dimanche, je prenais la route jusqu'à Auboué et j'allais voir ma mère. J'avais peu d'amis. Je n'aimais pas l'outrance et le fracas, l'intempérance des gens de mon âge. Trois ans auparavant, j'avais passé à Londres une année atroce au milieu de colocataires noceurs et joyeusement bordéliques. J'étais rentrée en me jurant de ne plus jamais me frotter au monde extérieur. L'idée de soutenir ma thèse d'ici quelques mois, de devoir bientôt me vendre pour obtenir un poste de maître de conférences, entrer en concurrence avec d'autres candidats bien plus confiants et brillants que je ne l'étais, tout cela me terrifiait. Si j'avais pu, j'aurais passé ma vie voûtée au-dessus d'un livre, dans une chambre baignée de lumière et de silence. Seule dans ce cocon paisible, je me suffisais.

Et puis, j'ai rencontré Antoine.

D'épiphanie comme celles que j'étudiais dans les romans de Woolf, il n'y en eut entre nous d'abord aucune. Antoine était ingénieur en conception mécanique. Il n'y connaissait rien à Virginia Woolf ni à la littérature. Tout ce qu'il cherchait, c'était un prof d'anglais pour s'exercer en vue d'un poste au Luxembourg. Nous nous étions rencontrés par un ami commun, Joshua, un Franco-Irlandais fantasque chargé de TD comme moi à l'UFR d'anglais, et avec qui il jouait au rugby le dimanche matin. Comme il terminait sa thèse et n'était pas disponible, Joshua lui avait donné mon numéro. Après un bref entretien téléphonique, nous avions convenu d'un rendez-vous chez lui, dans une résidence moderne du Sablon. Après coup, j'avais eu quelques réticences à me retrouver seule chez un inconnu. « Oh, pas de quoi t'inquiéter, m'avait dit Joshua, tu verras tout de suite, c'est un gars bien. » Et en effet, il ne pouvait y avoir rien que d'inoffensif chez l'homme aux airs d'adolescent qui m'accueillit ce jour-là. Je me souviens encore de son salon en désordre où traînaient quelques cartons, du canapé au confort sommaire où je m'étais assise et du jardin zen miniature posé sur la table basse, dont le goût me paraissait plus que douteux. « Je viens d'emménager, désolé si c'est un peu… »

Il me tendit un verre de jus de fruits, me fixa, et après un silence il bredouilla : « *Oh sorry, maybe you want to speak in English directly*[1] ? »

Son accent était à couper au couteau et sa grammaire approximative. On aurait dit un étudiant sorti de l'école, un peu naïf et embarrassé de lui-même. Tandis qu'il me parlait de son parcours professionnel, comme si j'étais RH plus que prof d'anglais, j'observais son visage lunaire, ses sourcils tombants qui lui donnaient un faux air de Paul McCartney. J'observais ses cheveux noirs trop longs ; son tee-shirt trop grand ; cette façon qu'il avait de traîner certaines syllabes, ou d'appuyer ses mots avec des gestes parasites. Il y avait dans cette juvénilité quelque chose d'agaçant ; car le reste de son physique – premières rides au coin des yeux, embonpoint naissant – trahissait une trentaine déjà bien installée. Visiblement, me disais-je, c'est un vieux garçon. Le genre d'adolescent attardé passionné de BD nippone ou collectionneur de figurines fantasy. J'étais à mille lieues de me douter qu'il était divorcé, déjà père de deux enfants, et surtout qu'un jour il deviendrait celui des miens.

Nous nous sommes revus quatre ou cinq fois, toujours chez lui. Au fur et à mesure de nos séances, le salon prenait forme ; les cartons disparurent, les meubles se montèrent, et le jardin zen sur lequel je jetais des regards suspicieux fut même étrangement

1. « Oh pardon, vous préférez peut-être qu'on parle dès à présent en anglais ? »

éclipsé. Le tee-shirt trop grand, lui non plus, ne réapparut pas et se vit remplacé par des chemises plus convenables. Malgré ces changements imperceptibles, rien ne laissait deviner la moindre séduction. Nous parlions CV, lettre de motivation, entretiens d'embauche. Il m'exposait ses projets professionnels, je corrigeais ses accents toniques. Après le dernier cours, il voulut m'offrir un café en bas de chez lui. La conversation, pourtant en français cette fois, fut laborieuse. Il me posa quelques questions polies sur ma thèse, mais je voyais bien que la littérature moderniste constituait pour lui un univers aussi obscur que l'était pour moi celui des analyses de systèmes. Après cela, il passa sa série d'entretiens. Il m'appela un mois plus tard pour me dire qu'il n'avait pas eu le poste espéré. « Oh mais je vous rassure hein, ça n'a rien à voir avec l'anglais », dit-il comme pour s'excuser. Il me remercia encore une fois. Et puis, je n'eus plus de nouvelles.

Quelques mois plus tard, c'est à la fac même que je le revis, dans l'amphithéâtre où Joshua soutenait sa thèse de doctorat.

Je mis quelques secondes à le reconnaître tant sa présence ici, au milieu d'universitaires aguerris, me paraissait improbable. C'était bien lui, là, trois rangs derrière moi, avec sa bataille de boucles noires et ses sourcils tombants qui donnaient à sa figure un air un peu triste. Il balayait la salle du regard comme s'il se demandait lui-même ce qu'il faisait là. Puis il croisa mes yeux, me fit un signe de la main, et tout son visage irradia.

L'idée qu'il fût là me déroutait ; comme dans un rétroviseur imaginaire, je pouvais percevoir sa présence derrière moi, son regard que je devinais posé sur ma nuque. Je suivis distraitement la soutenance, puis, passé les félicitations du jury, tout le monde se réunit dans un petit restaurant sur les bords de la Moselle. C'est là que je retrouvai Antoine. Depuis notre dernière entrevue, il semblait avoir mûri. Loin de l'image d'ado attardé que j'avais gardée de lui, il donnait enfin l'impression de faire ses trente-huit ans. Je me souviens de la marinière qu'il portait ce soir-là, dont il avait relevé les manches jusqu'aux coudes. Tandis que nous parlions, je regardais ses avant-bras – étonnée moi-même de l'espèce de trouble qu'ils me procuraient. (Des années plus tard, c'est toujours cette partie de son corps que je continuerais de lorgner dans le rétroviseur de la voiture lorsqu'il ferait le plein d'essence sur l'autoroute.)

Je lui demandai ce qui pouvait bien l'avoir amené ici, et comment il avait fait pour tenir deux heures à écouter du jargon de spécialiste sur la littérature anglaise.

Il se mit à rire, puis m'avoua, un peu gauchement, que depuis notre dernière rencontre il avait lu quelques nouvelles de Virginia Woolf. Il n'était pas sûr d'avoir tout compris, mais ça l'avait touché.

— Je n'y connais pas grand-chose, c'est vrai, mais son écriture, on dirait… un peu comme ces films en super-8 de notre enfance, vous voyez ? Ces images qui frémissent sur la pellicule, et aussi quelque part à l'intérieur de vous. Je ne sais pas trop comment expliquer.

Enfin voilà. J'étais curieux parce que vous m'en aviez parlé.

L'emploi de ce mot, « frémir », chez cet homme que j'aurais cru pourtant hermétique à tout, provoqua en moi une secousse inattendue.

On passa le reste de la soirée à discuter sur un banc, devant les lumières qui oscillaient sur la Moselle. C'est là que j'appris qu'il venait de divorcer lorsque nous nous étions rencontrés. Le chômage n'avait rien arrangé, et il s'excusa s'il avait pu me donner l'image d'un pauvre type. Depuis, il avait fait du chemin. Aujourd'hui, tout était plus clair – et je compris entre les lignes qu'il était prêt à commencer une nouvelle période de sa vie. D'ailleurs, il avait finalement trouvé un poste dans un bureau d'études à Thionville ; cela avait moins de panache que celui qu'il briguait, mais au moins il serait disponible pour ses enfants.

— Ah bon, tu es papa ?

— Oui. Deux filles. Elles s'appellent Rose et Adèle.

La paternité d'Antoine acheva de transfigurer l'opinion que je me faisais de lui. L'image de deux fillettes s'imprima en moi. Je les voyais, boucles noires comme leur père, le même visage ovale, le regard doux. « Rose et Adèle » : avec des prénoms comme ceux-là, elles ne pouvaient être que sages et jolies. Je l'imaginais les portant sur ses épaules, les protégeant de ses bras d'homme. Leur existence lui donnait l'épaisseur qui lui manquait.

C'est après ce soir-là que nous avons commencé à nous voir.

Tout comme il s'était efforcé d'entrer dans mon univers, je découvris à mon tour le sien. Sa passion pour le Japon, le taiko et Miyazaki. Sa façon de préparer les sushis – le seul plat qu'il sut jamais faire. Ses autres goûts, si éclectiques qu'ils en frôlaient l'incohérence, pour les jeux d'énigme, Alain Souchon et le rugby. J'aimais sa façon d'appréhender la vie, d'y cueillir tout ce qui pouvait le rendre heureux sans s'embarrasser du superflu. J'aimais sa *simplicité* – car celle-ci n'avait rien de naïf comme j'aurais pu le croire au début. Elle était au contraire pleine présence au monde. Malgré son apparence insouciante, il posait sur les choses un regard lucide, parfois même peut-être grave. Mais cette conscience, loin de le faire vaciller, le remplissait d'une force paisible. Il me confia un jour qu'il avait été autrefois un adolescent efflanqué, d'une timidité atroce, constamment inquiet du jugement qu'on portait sur lui ; que cet adolescent continuait de l'habiter, et qu'à chaque instant il devait lutter contre lui pour affronter la vie. Je compris alors que c'était peut-être cela qui nous liait, au-delà de nos cultures différentes : notre fragilité. L'ombre de ces enfants effacés et maladroits que nous portions toujours en nous. Mais Antoine était bien plus fort que je ne l'étais. Peu à peu, je découvrais les épaisseurs qui le recouvraient, l'armure à la fois souple et robuste qu'il s'était construite avec les années. Et c'est ce qu'en lui j'aimai.

Je me souviens de nos premiers moments. La découverte de son corps, la douceur incroyable de ses gestes ; l'évidence avec laquelle nos peaux se rencontraient. Jusqu'alors, je n'avais eu d'amants que des impatients ;

Antoine, lui, m'apprit l'art de la lenteur. Sous son corps réconfortant, mes muscles se déliaient. J'avais toujours vécu comme si le réel n'avait pas de poids ; comme si rien ne pulsait sous ma peau. Le contact d'Antoine me donnait une densité. Ma jeunesse me redevenait tangible, mon corps de vingt-six ans sensible et énergique. Ses mains calmes redessinaient mes contours. Sous elles, je reprenais conscience de mon enveloppe, moi qui avais passé des années à l'ignorer. Je m'apprenais belle, moi qui m'étais toujours perçue transparente. J'avais désormais un visage : j'étais Sylvia, la fille au petit carré châtain et aux incisives charmantes, la jeune prof aux lunettes rouges et aux ballerines en daim qui avait un jour débarqué chez lui pour lui apprendre l'anglais – et qui, malgré elle, l'avait séduit.

Et sans crier gare, ma solitude s'émoussa. Antoine sut se lover si discrètement dans mon îlot que je pris à peine conscience de sa présence rapidement quotidienne à mes côtés ; de ses affaires d'homme éparpillées dans l'appartement ; de nos habitudes de couple déjà installé après seulement quelques semaines de relation. Il n'y a que les week-ends où il prenait ses filles, et où j'en profitais pour avancer sur ma thèse seule chez moi, que le vide me devenait à nouveau perceptible – et, pour la première fois depuis longtemps, presque dérangeant. Je l'imaginais avec les petites, papa poule solide et rassurant, à leur préparer des crêpes et à les faire jouer au rugby ; j'imaginais leurs joues rougies par le froid, leurs éclats de voix, leurs bêtises et leur désordre. Et moi, pendant ce temps, je me dissolvais. Sans lui, mes contours s'estompaient. Et dans ces moments-là, au creux des après-midi silencieux, je rêvais parfois qu'en moi aussi, à nouveau, quelque chose se mît à trembler.

III

Cette nuit, à l'hôpital, alors que j'attends des nouvelles de Colombe, je me demande où s'est situé le point de bascule. Celui qui m'a fait passer de doctorante indépendante, promise à une carrière honorable, à la petite épouse d'ingénieur, mère au foyer engluée dans les soucis domestiques. Comment s'est insinué en moi le désir de fonder une famille, d'avoir des enfants à moi, de me dévouer à eux ? J'ai longtemps cru que, comme pour la plupart des gens, ce glissement s'était opéré lentement, par la force des choses. Et puis, je me suis souvenue de ce week-end en baie de Somme, quelques mois après le début de notre relation, où pour la première fois Antoine m'avait présentée à ses amis.

C'est le mois d'août. Nous sommes à Saint-Valery-sur-Somme, dans la maison de vacances que sa bande de potes loue chaque année à la même période. Une terrasse baignée de lumière ; des enfants qui jouent au rugby sur le gazon ; sur la table, les restes d'un festin. Voilà les images qui m'en restent. La plupart des gens ici ont la trentaine bien avancée. Ils se connaissent depuis la fac ou le lycée. Ils s'appellent

Phil, Fred, Sandrine, Caro ; ils sont profs, informaticiens, bossent dans des administrations ; ils ont des enfants, certains déjà préadolescents. Comme ils vivent aux quatre coins de la France, ils se retrouvent deux fois par an, en hiver et à la fin de l'été, ils louent une grande maison et ils passent leur week-end à boire du bon vin et à se rassasier, selon la saison, de fondue savoyarde ou de viandes au barbecue. Leurs enfants s'entendent comme des cousins, les petits suivent les grands en ribambelle, si bien qu'on ne s'occupe jamais d'eux ; ils sont toujours fourrés dans le jardin, mangent à peine, repartent jouer ; « ils font leur vie », dit-on – et pendant ce temps, les parents s'installent sous la pergola, terminent leurs verres en se racontant des histoires *de l'époque*. Ils évoquent des souvenirs de beuveries, de profs et de camarades dont on se demande ce qu'ils sont devenus, de couples qui se sont faits ou ont failli se faire. Dans leurs récits, je retrouve l'adolescent dont Antoine me parlait, celui qui bidouillait des programmes informatiques et connaissait par cœur les répliques de *Highlander*. Aujourd'hui, je le regarde. J'aime son visage d'homme, les rayons de ses rides au coin des yeux. J'aime son corps aussi, ce corps d'ancien maigre que les années ont épaissi et rendu plus fort. Les blessures de la vie lui ont endurci le cuir. Rien ne semble laisser croire qu'il fût autrefois le plus vulnérable de la bande, lui qui semble maintenant en être l'élément fédérateur. La fidélité de ses amis, la loyauté sans appel qu'il leur doit, confirment ce que je sens déjà depuis des semaines : avec lui, je peux être en sécurité. Si je dois passer ma vie à ses côtés, je sais désormais que son socle sera sans faille.

C'est à peu de chose près, là, dans ses soirées sous la pergola, que je tombe amoureuse d'Antoine.

Je ne le sais pas encore, mais en réalité c'est de toute cette vie que je tombe aussi amoureuse. De cette maison bruissante qui sent le pin et le jonc de mer ; de ces repas interminables sur la terrasse et des promenades le soir le long de la baie ; de cette vacance tant méritée après des années de contrôle et de pression.

Je tombe amoureuse de ses amis, du bonheur tranquille dont ils rayonnent et dont je n'ai pas l'habitude, moi qui croyais jusque-là qu'on ne pouvait être intéressant qu'en étant brillant et légèrement arrogant. Peut-être parce que je retrouve en eux quelque chose de familier – car ils me rappellent ces amis que mes parents avaient il y a très longtemps, quand j'étais encore petite, un peu bohèmes et rigolos, et qu'ils ont ensuite perdus de vue ; ils me rappellent cette époque au goût de paradis perdu, où mes parents étaient heureux et où des éclats de rire fusaient encore dans la maison d'Auboué.

Et puis surtout, il y a ces enfants.

Les bébés qui dorment sous la fraîcheur des arbres, enveloppés dans l'étole de leur mère. Les tout-petits qui trottent d'un pas conquérant, et pour qui le jardin semble être une jungle pleine d'aventures. Et les grands aux visages échauffés, ceux qui jouent au rugby en dictant leur loi. Comme je suis la plus jeune des adultes, ils viennent spontanément vers moi et m'entraînent avec eux. Je récolte les trésors qu'ils ont ramassés sur la plage ; je m'écroule sur l'herbe en faisant semblant de manquer le ballon, juste pour les entendre crier comme si leur vie en dépendait. Je suis fascinée par leur façon de se jeter dans la vie, pleinement, sans scrupule. Mais quand je les regarde, je ne sais pas encore distinguer en moi ce que je désire le plus – d'avoir un enfant, ou d'en être encore une moi-même.

Loin du tumulte, deux petites filles, sagement assises, passent leur temps à lire et à dessiner sur un coin de la table. J'observe de loin leurs tresses interminables parfaitement alignées entre leurs omoplates ; sous les petites bretelles, la peau de leurs épaules, comme caramélisée. De temps en temps, leur regard se lève sous leur frange et vient me transpercer. Elles seules ont bien compris que je n'étais pas la baby-sitter de service. « Rose, Adèle, je vous présente Sylvia. C'est la nouvelle amie de papa », a dit Antoine au début du week-end. C'est la première fois que je rencontre ses filles. Elles ont à peine sept et huit ans, et déjà leur air insondable me pétrifie. Je tourne autour d'elles, « Il sont beaux vos dessins », « Qu'est-ce que vous lisez ? », je leur demande ce qu'elles aiment à l'école, si elles font des activités en dehors ; jamais je n'aurais imaginé cela si compliqué de faire la conversation à des enfants. Elles me répondent poliment, en petites filles bien élevées, mais je sens à quel point leur jugement sur moi est intransigeant. Elles ne me laisseront rien passer. Si seulement il n'y en avait eu qu'une, me dis-je, cela aurait peut-être été plus facile ; mais leur quasi-gémellité fait bloc contre moi. J'imagine leurs murmures de sœurs la nuit venue, sous la couverture qu'elles partagent, « Qu'est-ce qu'elle est bête dis donc », « Tu as vu ses dents ? » et les paroles qu'elles auront à leur retour chez leur mère, la façon dont elles lui imiteront ma gaucherie – tout ce qui pourra la rassurer sur le peu d'avenir que leur père a avec moi.

« Ne t'en fais pas, elles aussi finiront par t'adopter. » Caro, la plus vieille amie d'Antoine, me rejoint un soir dans la cuisine tandis que les autres jouent aux cartes sur la terrasse. Elle porte son dernier bébé de deux mois en écharpe contre son buste. Pour tous ici, elle est la *maman*. Celle qui protège et qui rassure. Elle me dit que je fais du bien à Antoine. « Pourtant, quand on l'a vu débarquer ici avec toi et tes vingt-six ans, je t'avoue qu'on n'y croyait pas trop. Mais il a l'air épanoui, et personne ne mérite de l'être plus que lui. » Je l'écoute me parler d'Antoine. De son mariage malheureux avec une femme bien trop pragmatique pour un rêveur comme lui. Elle me parle aussi de leur enfance commune dans un petit lotissement de Meurthe-et-Moselle où ils étaient voisins ; de son père mort d'un cancer quand il avait huit ans, et qui l'avait laissé dévasté. « Si Rose et Adèle ont un père aussi formidable aujourd'hui, c'est peut-être à cause de tout ça. »

Le bébé se met à miauler. D'un geste ample, comme sans y penser, elle soulève les strates de tissu qui l'enveloppent et le coule contre son sein. Le bébé tète dans un bruit de lapement. Je la regarde, absorbée par cette scène animale, presque impudique. Je pense à Suzanne dans *Les Vagues,* ce personnage aux antipodes de ce qu'était Virginia Woolf, sorte de Déméter fertile et apaisée. Je regarde Caro, avec son corps lourd et fatigué, pleine de force pourtant, et comme dans cette phrase du roman qui me revient soudain, je me demande *par quelle fissure l'ombre pourrait entrer dans sa vie*. J'envie cet amour humble et prodigue. À côté d'elle, je me sens poreuse, sans consistance. Il me semble que si j'avais moi aussi un enfant à moi, je serais comme elle à cet instant, paisible et infaillible ; que plus rien ne pourrait plus me faire vaciller.

Ce même soir, quand je rejoins Antoine dans le lit, j'ai envie de lui. Je m'enroule contre son corps. J'ai besoin de le sentir m'écraser. Notre étreinte est longue, fluide, quasi apnéique ; nos souffles se suspendent, nos corps plongent et ondulent comme ceux des nageurs. Quand nous remontons à la surface, nous en sommes presque étourdis ; tous nos muscles se relâchent, vidés d'énergie, offerts au sommeil. Mais quelque chose en moi est encore inapaisé.

— Dis-moi. Est-ce que tu crois qu'un jour tu referas ta vie ?

Antoine comprend bien le sens de ma question. Il ne répond pas tout de suite.

— Tu me demandes ça parce que tu as envie d'avoir des bébés, je me trompe ?

Je dis que je ne sais pas ; que je pose la question comme ça, juste au cas où. En réalité, je sens mon cœur qui cogne jusque dans mes tempes ; je sais que tout va se jouer sur la réponse qu'il me donnera, que c'est maintenant que nos douze ans de différence, jusqu'alors anecdotiques, vont peut-être tout faire basculer.

Antoine se penche vers moi, jusqu'à toucher mon visage avec le sien, et il me dit simplement :

— Oui. Mais je te préviens, cette fois-ci il va falloir me faire un garçon.

Et comme pour désamorcer la gêne de ce premier aveu, ou confirmer son ironie, il ajoute en reculant pour me dévisager :

— De toute façon, toi, tu as une tête à ne faire que des petits gars.

Je le bouscule un peu, on se chamaille. On imagine le destin saugrenu de cet enfant, tiraillé entre une mère un peu rigoriste et un père légèrement à l'ouest. On se fait une liste de prénoms plus absurdes les uns que les autres, inspirés de Virginia Woolf ou de Miyazaki, Septimius ou Sosuke, Haku ou Perceval, et comme souvent pour clore nos débats, on finit par se mettre d'accord sur Alain-Souchon, et nos rires déflagrent dans le silence de la nuit.

Je me souviens de cette dernière soirée en baie de Somme, ce vertige dans le ventre à l'idée que *quelque chose commençait*. Bien sûr, le ton de plaisanterie que nous avions emprunté, notre fou rire d'adolescents étouffé sous les draps, enlevaient à notre conversation tout caractère officiel. Le lendemain, notre vie a repris son cours ; nous sommes rentrés à Metz, Antoine a ramené les filles chez leur mère, et nous n'en avons plus reparlé.

Mais, je le sentais, ce week-end à la mer avait changé la donne. L'idée d'avoir un bébé s'était immiscée en moi et ne me quittait plus. Pourtant, je n'avais jamais été le genre de filles à attendre la maternité comme un accomplissement ; cette possibilité m'avait toujours paru lointaine, presque improbable, comme si quelque chose en moi savait que je ferais une maman bancale. Et voilà que, du jour au lendemain, elle était devenue pour moi une nécessité. Comme une lubie inassouvie, elle m'obsédait. Assise devant mes bouquins, incapable de me concentrer, je m'imaginais le ventre rond, rempli de vie. Sa vacuité me paraissait à présent encombrante, anormale. J'étais *affamée*. Presque littéralement d'ailleurs, car comme pour compenser cette absence, je m'étais mise à manger plus que de raison. Avec un appétit joyeux, j'engloutissais gâteaux, chocolats et confiseries, nourritures molles et sucrées, de celles qui fondent sur la langue en y déposant un film râpeux et vous laissent quasi étourdi. Tout ce que j'avais patiemment construit pendant des années, cette maîtrise sur moi-même, ce contrôle qui m'avait rendue aride, je l'abandonnai allègrement au plaisir et à la rotondité. Doucement, mon corps s'épaississait, mes courbes se dessinaient. À défaut d'être enceinte, je commençais à en prendre l'apparence moelleuse. J'aspirais à cette sphéricité magique qui me donnerait droit à la paresse et aux prévenances, aux regards attendris, au rayonnement.

Mais dans ce fantasme doucereux, ce n'était pas tant d'un bébé que je me voyais habitée que de moi-même.

Car, sans encore me le formuler, je sentais qu'il y avait dans tout cela quelque chose de profondément narcissique.

Je demandais parfois à Antoine de me parler de son expérience de papa. Il m'avait raconté les deux années épuisantes que son ex-femme et lui avaient traversées, deux bébés, treize mois d'écart, les galères, les nuits blanches et le pédiatre, les crises de jalousie et les problèmes de garde ; mais moi je ne pensais qu'à l'incroyable fertilité du couple qu'ils avaient formé, je pensais à elle retombant enceinte par surprise dès son retour de couches, à cette famille qu'ils avaient été et qu'ils étaient encore, quoi qu'il arrive, même séparés. Antoine avait gardé avec Isabelle des relations tout à fait cordiales. Après la baie de Somme, il m'arriva de la rencontrer, toujours très fugacement. C'était une belle femme de trente-cinq ans, grande et brune, copie conforme de ses filles, comme si elle les avait fabriquées toute seule. Elle n'avait pas refait sa vie après le divorce – comment aurait-elle trouvé le temps d'ailleurs ? Elle gérait, je ne sais comment, sa carrière de juriste tout en s'occupant seule de Rose et d'Adèle, courant à droite et à gauche pour les emmener à leurs activités, et avec ça jamais fatiguée, toujours complice et disponible. Le genre de mère dévouée, fusionnelle et sans scrupule, à défendre bec et ongles l'intérêt de ses enfants, capable d'un seul regard d'écarter toute menace. Si brefs qu'aient été nos échanges, j'avais déjà senti ce regard posé sur moi, sombre comme l'était celui d'Adèle et de Rose, ce regard qui semblait dire : « Pauvre idiote, tu n'auras jamais mes filles. » Face à elle, comment de toute façon aurais-je pu faire le poids ? Quelle ombre aurais-je pu lui faire ? Pour Rose et Adèle, je restais « l'amie de papa », gentille, inoffensive. C'est à peine parfois si elles me prêtaient attention, toujours sages et polies oui, mais dépourvues de toute affection, comme si la consigne leur avait été donnée de garder leurs distances. Je sentais bien que l'unique moyen de me rendre crédible auprès d'elles, de les attacher à moi, aurait été de devenir mère à mon tour. De faire de nous une famille.

D'ailleurs, entre Antoine et moi, les choses s'accéléraient.

À l'automne, quelques semaines seulement après notre retour de baie de Somme, alors qu'on consultait au hasard les annonces immobilières, je tombai sur la perle rare, un quatre-pièces rénové dans le quartier impérial, à deux pas du centre et du Plan d'eau. Le secteur était familial et fonctionnel ; nous étions chacun à une distance raisonnable de notre lieu de travail ; l'appartement était moderne et lumineux. Nous tapisserions les murs d'étagères de livres ; Adèle et Rose partageraient une jolie chambre aux couleurs poudrées. Notre univers serait sobre, organisé, épuré. L'endroit idéal pour commencer une vie nouvelle.

On s'installa juste après Noël, et je me souviens encore de cette impression étrange une fois passé le chaos du déménagement, l'odeur de peinture fraîche, chaque chose enfin à sa place ; cet espace nouveau à habiter, à apprivoiser, et toutes les promesses qu'il laissait entrevoir. Car bientôt, peut-être, ces pièces silencieuses et parfaitement rangées accueilleraient un désordre joyeux. J'imaginais des jouets éparpillés comme les miettes du Petit Poucet, des doudous perdus sous les lits, des dessins bariolés accrochés au frigo. J'imaginais des petits pas égrenés sur le parquet, des rires éclaboussés et des murmures le soir venu, doux comme des secrets, à l'heure des histoires et des câlins. Je pouvais presque les toucher du doigt, tous ces souvenirs que nous allions semer.

Mais en attendant, assise à mon bureau, il me fallait avancer dans ma thèse. Je me mettais péniblement au travail. Mon sujet m'ennuyait ; l'évidence et le zèle des premières années de recherche m'avaient quittée. Hormis quelques spécialistes, qui d'ailleurs allait s'y intéresser ? Qu'allait-il rester de ce fouillis de citations, de ce plan compliqué, de ces hypothèses de lecture dont moi-même je ne voyais plus le sens ? Et surtout, où cela allait-il m'emmener ? Car je savais que la qualité de mes travaux ne me garantissait en rien un avenir à l'université ; que ma réserve et mon manque de confiance compromettaient déjà mes chances d'obtenir rapidement un poste de titulaire. Bien sûr, je ne pouvais pas attendre de ma directrice de thèse le moindre encouragement. Et alors qu'il m'avait fallu des années d'efforts pour retenir son attention, elle si distante, si exigeante, je sentais que mon laisser-aller ne tarderait pas à tout gâcher. Une grossesse signerait aussitôt l'arrêt de mort de mes ambitions universitaires. Personne ne serait là pour me sauver.

Parfois, dans un sursaut de conscience, je m'en effrayais et revenais à la raison. Quelle idée de tomber enceinte si près du but ? Et puis, cela faisait seulement quelques mois qu'Antoine et moi nous fréquentions, à peine deux ans qu'il était divorcé. C'eût été une folie.

Mais j'étais comme une enfant qui fait un caprice : mon désir était devenu urgent. Irrépressible. Il n'était pas négociable.

Tout allait trop vite, nous n'étions pas prêts, et j'allais ruiner sur un coup de tête des années d'études consciencieuses.

Qu'à cela ne tienne.

Début janvier, quelques semaines après notre emménagement, je décidai d'arrêter la pilule.

Après tout, j'avais entendu dire qu'il fallait compter plusieurs mois pour devenir à nouveau féconde. Autant prendre les devants, laisser mon corps retrouver son équilibre et se purger de toutes les hormones qu'il avait avalées pendant presque dix ans.

Dès lors, mon esprit ne fut plus occupé que par des questions de dates, de cycles et de périodes d'ovulation. J'observais mon corps comme un système étranger, dont j'apprenais à lire les signes mystérieux. Je notais tout. Je faisais ce qu'il fallait. Les jours probables de fertilité, je venais me lover contre Antoine, et quelle que fût son activité, il l'interrompait, sexe dressé, offert à moi. Lui ne préméditait rien, ne calculait rien. Il était dans le don le plus pur. Enceinte ou pas, il m'aimait, sans condition. Pouvais-je seulement en dire autant ?

Mais malgré mes efforts et ma bonne volonté, les règles revenaient. Je découvrais à quel point mon corps était soumis à des forces inconnues, à quel point m'échappait la biologie qui le régissait. Je savais qu'il n'y avait pas de quoi s'inquiéter, que les choses viendraient à point. Seulement je ne pouvais m'empêcher de penser que *quelque chose ne fonctionnait pas.* J'avais beau avoir pris l'apparence plantureuse des femmes fécondes, au fond, je restais toujours aussi béante. Au creux de mon ventre, le vide s'enroulait. Dans cet environnement hostile, quelle vie aurait pu s'accrocher et s'épanouir ?

Assise à mon bureau, censée rédiger ma thèse, je laissais mon esprit divaguer. De manière quasi compulsive, je consultais sur Internet des forums de discussion autour de la fertilité. J'y découvrais toute une communauté de femmes partageant leurs histoires, évoquant sans pudeur les dates de leurs rapports sexuels et les sécrétions sur leurs culottes ; j'y lisais des histoires compliquées de FIV, de fausses couches à répétition, d'embryons ensanglantés dans les toilettes – et je les balayais aussitôt, leur préférant les forums de « mamans ». C'est là que j'aimais me perdre, parfois des heures durant, parcourant les articles sur les choix de prénoms, la diversification alimentaire ou les marques de poussette. Elles parlaient de leurs enfants en les nommant « Loulou », « Crevette », « Mini-moi ». Leurs avis étaient tranchés, leurs jugements intransigeants. Aux mères dépassées qui demandaient conseil, à celles qui se sentaient coupables de crier et de ne plus supporter leurs enfants, elles répondaient avec l'aplomb de celles qui s'en sortent, de celles qui font face et qui tiennent bon. *Tout est une question d'organisation*, disaient-elles ; *il faut prendre sur vous, ces enfants vous les avez voulus*. À travers leurs voix, j'imaginais un mélange de Caro et d'Isabelle, à la fois mamans de contes de fées, bienveillantes et attentives, et mamans guerrières, capables de gérer leur famille d'une main de fer.

Mais ce que j'aimais par-dessus tout, c'étaient les blogs que tenaient certaines d'entre elles, et où elles évoquaient leur vie heureuse de mère au foyer. Je me perdais dans leurs chroniques d'un quotidien essaimé de bonheurs minuscules, promenades en forêt et cueillette de champignons, jour de pluie et crêpes au goûter, Baby-chou mange ses premières purées maison, Numérobis rentre à l'école, Bibou a marqué un but au match de foot. Hypnotisée, je faisais défiler les photos qu'elles postaient, des photos où l'on devinait, derrière les filtres orangés, de grandes maisons semblables à celle que nous avions louée en baie de Somme ; des intérieurs feutrés au charme scandinave ; des salles de jeux savamment organisées, aux couleurs acidulées. De temps à autre, sur un angle, se dessinaient une nuque d'enfant, des chevelures tressées en couronne sur le côté, de petites omoplates saillantes comme des ailes de papillon. Un an plus tôt, j'aurais sûrement trouvé inintéressant ce quotidien éloigné de toute considération intellectuelle. Mais plus maintenant. Pour une raison qui m'échappait, tout cela me fascinait. J'imaginais des silences et des murmures ; des chambres baignées de pénombre comme des cocons ; des enfants sages et dociles, en proie çà et là à de petits caprices sans méchanceté, mais que j'aimerais toujours d'un amour inconditionnel et absolu.

J'enviais ces vies aux contours lisses et aux couleurs mouchetées. Et je me disais que c'était peut-être pour cela, finalement, que j'étais faite, loin des manœuvres à couteaux tirés du monde universitaire, loin des flagorneries et des plans de carrière. Une existence toute simple, sans ambition ni âpreté, dans laquelle je m'envelopperais comme dans une couverture.

Cette nuit, cinq ans plus tard, à l'hôpital, je repense à ce mirage sirupeux, à tout ce que j'avais pu lui sacrifier.

Naïve que j'étais. Stupide que j'étais.

Comment n'avais-je pas vu venir la déferlante qui m'attendait ?

Onze heures

Voilà, tout est prêt. Debout face à sa cuisine, Sylvia contemple l'équilibre parfait qui règne autour d'elle. Sur le plan de travail reposent les tartes, les muffins et les bagels encore fumants. Odeur de châtaigne, de beurre et de pain chaud. Dehors, la table est dressée. Comme le beau temps s'est confirmé, Antoine est allé nettoyer la terrasse ; Jacob, qui s'est levé plus tôt que prévu, l'a aidé à tout installer. On a accroché des guirlandes en papier sur le mur, mis des lampions au-dessus de la table, gonflé des ballons comme quand les enfants étaient petits. Colombe sera contente.

Pour l'heure, elle dort encore. Antoine et Jacob patientent en regardant le rugby à la télé. Les premiers invités devraient arriver d'ici une heure. La plupart viennent de loin : Metz, Nancy, Paris. Où sont-ils à ce moment précis ? En fermant les yeux, Sylvia peut visualiser leurs routes qui convergent, tous ces tracés qui les conduisent vers eux aujourd'hui. Maintenant, il n'y a plus qu'à attendre.

Elle est prête : elle a mis la robe bleu paon que Colombe et elle avaient choisie ensemble dans une boutique de Strasbourg et le sautoir que ses enfants lui ont offert pour la dernière fête des Mères. Dans le reflet de la baie vitrée, elle regarde sa silhouette un peu épaisse ; ses cheveux toujours coupés au carré, mais grisonnants avant l'heure. Il y a bien longtemps que ses dents ne la complexent plus et qu'elle peut rire sans les cacher. Les années ont coulé sur elle. Son corps n'est plus cet objet encombrant qui lui faisait honte, mais un partenaire familier, une enveloppe bienfaisante. Il lui en faut beaucoup à présent pour l'atteindre et l'épuiser. Elle est devenue forte. Ses mains sont rugueuses, son cuir solide. Elle a quarante-huit ans.

Mais à cette image se superpose soudain celle de la femme qu'elle était il y a seize ans. Celle qui attendait, mutique, rencognée, sous la lumière des néons de l'hôpital. Elle est si loin d'elle à présent, cette Sylvia, qu'elle en éprouverait presque pour elle une pitié mêlée de mépris. Malgré ses efforts pour s'en extirper, elle continue de lui coller à la peau depuis sa réapparition inopinée ce matin, dans le brouillard des derniers rêves. Qu'est-ce que tu fais encore là ? se demande Sylvia. J'ai accompli tout ce que tu voulais. Toutes les promesses que tu t'étais faites cette nuit-là, je les ai tenues. Je suis comblée. Mon mariage a tenu bon, mes deux enfants ont grandi, sont devenus de belles personnes, et dans cette maison qui n'était encore qu'en chantier, tout notre clan aujourd'hui vient se réunir. Que veux-tu de plus ?

Elle s'empare de l'éponge, la broie presque entre ses ongles. Passe un dernier coup sur le plan de travail. Ses mains sont moites, comme imbibées des odeurs de cuisine. Et voilà qu'elle se demande si, tout compte fait, ce n'est pas elle que la jeune Sylvia regarderait avec mépris. Elle qui s'est tant dévouée pour sa famille et sa maison qu'elle n'a plus jamais travaillé après l'accident. Elle dont l'anglais s'est tellement appauvri que, pour un peu, Antoine se débrouillerait presque mieux qu'elle à l'étranger. Elle que les préoccupations purement domestiques ont fini par endurcir – jusqu'à la faire d'année en année ressembler un peu plus à sa propre mère.

Que faire maintenant ? Elle guette l'horloge, elle tourne en rond. Rôde autour de l'escalier en espérant entendre un bruit du côté de Colombe. Onze heures presque – mais quand va-t-elle enfin se décider à se lever ? Et dire que, jusqu'à ses quatre ans, elle ne leur laissait jamais une nuit de répit... Maintenant, quand sa fille revient, elle ne sort pas de sa chambre avant l'heure de déjeuner. « Oh, c'est l'air d'ici », dit souvent Sylvia avec une espèce de fierté – comme si cette maison était dotée d'un pouvoir lénifiant, seul capable de la ressourcer.

D'habitude, Sylvia la laisse dormir tant qu'elle veut ; après tout, avec la vie qu'elle mène, elle en a des heures de sommeil à rattraper. Mais ce matin, le matin de ses vingt ans, la tentation est trop forte. Elle hésite un instant, puis monte à l'étage, et pour la deuxième fois de la journée, se retrouve devant la porte de sa chambre.

La même immobilité règne depuis sa première visite, mais cette fois la lumière échappée des stores vient strier l'espace et créer sur le mur l'illusion de fissures.

Elle y devine les meubles toujours à leur place depuis le départ de leur propriétaire, le bureau sur tréteaux, la commode en pin sur laquelle elle a déposé des piles de linge repassé ; et face à elle, sur l'affiche gigantesque que Colombe a accrochée à l'époque du collège, une gueule de loup et le visage ensanglanté de Princesse Mononoké la scrutent comme si elle pénétrait un territoire défendu. Malgré tout, elle s'approche doucement du lit. Se penche au-dessus du fouillis de couette et de coussins.

Colombe est là.

Couchée sur le ventre, comme toujours quand elle dort, visage écrasé sur l'oreiller, si bien que derrière les boucles Sylvia ne distingue que son profil. Elle se penche un peu plus. Jusqu'à percevoir l'odeur légèrement acide et sucrée que dégage son cuir chevelu quand elle transpire. Voilà des années qu'elle ne l'a plus sentie, cette odeur ; la dernière fois c'était peut-être à Montpellier, quand elles dormaient ensemble – et encore, c'est à peine si elle avait le droit de l'embrasser pour lui dire bonne nuit. À quand remonte la dernière fois que Colombe s'est blottie contre elle ? Cela fait tellement d'années maintenant qu'elle a oublié. Mais ce matin, dans le calme velouté de cette chambre où son sommeil est si paisible, elle s'autorise ce contact primitif, animal : respirer les cheveux de sa fille.

Pourtant, au dernier moment, quelque chose l'arrête.

Là, à peine visible, elle devine sur sa tempe la boufissure de sa cicatrice.

Les images de son rêve lui reviennent de plein fouet. Son petit corps désarticulé ; le poids de ses muscles inertes ; sa tête ballante, son visage minuscule. L'enchaînement qui a suivi l'arrivée d'Antoine, puis celle des pompiers, voilà bien longtemps qu'elle l'a enfoui en elle. Les relents de l'hôpital, les bruits feutrés du couloir de chirurgie, cette nausée dans le ventre tandis qu'elle attendait la fin de l'opération, tout cela Sylvia l'a ramassé au fond d'elle, elle l'a tassé comme une boule de papier, elle l'a étouffé sous son armure. Il lui a fallu des années d'expiation, des années de maternité bienveillante et vigilante, pour faire taire peu à peu la violence de ces souvenirs. Elle y est presque arrivée. Mais cette marque sur sa tempe gauche, qui depuis donne au regard de Colombe un aspect légèrement asymétrique, cette marque qui a de façon quasi imperceptible déformé son visage, revient toujours l'y projeter.

Tout doucement, Sylvia se retire. Tant pis si Colombe est encore au lit quand les premiers invités arriveront. Elle va la laisser dormir. Son sommeil est comme une surface lisse, plane, sur laquelle rien ne doit riper. Elle continuera de veiller sur son repos, comme elle l'a fait pendant sa longue convalescence, à l'époque où elle restait des heures près de son lit, à guetter le frémissement de ses paupières, cette époque où elle avait fait de sa chambre une forteresse protégée de toute agitation – et même après, quand au bout de plusieurs mois Colombe a retrouvé ses forces et qu'elle est redevenue la petite fille terrible qu'elle avait toujours été, à courir partout, à s'ébrouer, et que

Sylvia continuait de réclamer le silence tout autour d'elle. Aujourd'hui encore, alors qu'elle a vingt ans, c'est comme si Sylvia avait continué de se confier cette mission : faire de la maison un lieu de douceur et de calme, comme un port qui l'attendra toujours au milieu de sa vie périlleuse.

Tout en refermant lentement la porte de sa chambre, elle regarde avec indulgence les années derrière elle, ces années passées à construire autour de sa fille un havre de paix. Elle a débarrassé la maison des cris et des reproches. Elle y a tenu éloignées la rancœur et la violence. Elle n'a peut-être pas eu la carrière qu'elle aurait méritée, mais elle a bâti un lieu paisible, où il fait bon rentrer, un lieu qui sent la cuisine familiale, le linge propre et les souvenirs heureux. Car Colombe ne le sait peut-être pas encore, mais le bonheur est là. Dans leurs longues promenades le dimanche dans le vignoble couvert de brume ; dans les soirées qu'elle passe à refaire le monde avec son frère ; dans ces heures de silence où elle paresse dans le salon tandis qu'Antoine prépare un feu. Elle ne le sait pas encore, inconsciente qu'elle est, enfant gâtée comme le sont tous ceux de sa génération, les yeux toujours rivés sur l'écran de son téléphone, si bien que ses parents se demandent parfois si le monde réel a encore pour elle la moindre consistance. Elle ne le sait pas encore, non – mais Sylvia ne désespère pas que tous ces souvenirs, couchés l'un sur l'autre, formeront le sédiment sur lequel elle s'appuiera et frémiront un jour dans sa poitrine aux heures de nostalgie.

— Ça va, maman ?

Jacob est là dans le couloir. Grande perche de seize ans aux longues jambes efflanquées ; cheveux noirs en bataille et sourcils tombants à la Paul McCartney. Il ressemble au garçon que devait être Antoine à son âge, un peu timide et dégingandé, mais quelque chose en lui fait déjà irradier l'homme qu'il sera dans quelques années. Son calme a toujours impressionné Sylvia, comme s'il s'était construit en contrepoint de Colombe ; comme si, témoin de leurs colères passées, il avait édifié autour de son corps fragile une muraille silencieuse. Avec lui, tout a toujours été si facile – tandis qu'avec sa sœur…

— Merci, mon grand. J'arrive.

Après tout, il serait bon de souffler un moment avant la bataille. Elle rejoint ses hommes sur le canapé. Machinalement, elle demande qui est en train de gagner ; Antoine parle d'essai, de mêlée, d'arrêt de volée ; comme d'habitude elle n'y comprend rien. Elle les regarde un moment tous les deux, père et fils, même profil légèrement aquilin, mêmes mèches folles d'ado rêveur – bien que celles d'Antoine soient déjà presque toutes grises. Elle pose sa main sur son bras, respire l'odeur réconfortante de son pull. Et comme ce jour il y a longtemps, ce jour en baie de Somme où elle en avait pour la première fois pris conscience, sa simple présence l'apaise et la ramène à elle-même. Elle sent son corps se détendre, s'affaisser dans le fauteuil. Il est onze heures. Autour d'elle, tout est en ordre ; elle a accompli tout ce qu'elle avait à faire. Alors, ses yeux se ferment.

Mais à peine a-t-elle le temps de s'assoupir qu'un bruit de claquement de portière la remet en alerte.

— Quoi, déjà ?

Elle court se mettre aux rideaux. Un taxi est garé devant la maison. Sur le parvis, elle la reconnaît immédiatement, cette silhouette gigantesque, monolithique, qui s'avance vers la porte clopin-clopant : sa mère, Donna.

« Mamie Blue ».

C'est le surnom qu'elle s'était attribué quand Colombe devait avoir deux ou trois ans, à l'époque où elle lui faisait écouter de vieux tubes de Nicoletta. Colombe adorait la chanson. Aujourd'hui, il paraît un peu ridicule ce sobriquet, comme s'il y avait encore quelque chose de *rock* dans cette grand-mère adipeuse, à la démarche pesante et au cœur fatigué. Pour elle aussi, les années ont passé ; c'est une dame âgée maintenant. Et Sylvia le sait : d'ici peu, ce n'est plus à ses enfants qu'elle devra se dévouer, mais à elle dont la vieillesse s'annonce déjà longue et coriace.

— C'est mamie ! lance-t-elle en ouvrant la porte.

— Ah, murmure Antoine. Le rouleau compresseur arrive…

Le *rouleau compresseur*. C'est le surnom qu'Antoine lui donne en secret. Sylvia n'aime pas ça. Mais il y a quelque chose de terriblement juste dans cette image. Et en effet, il ne lui faut pas cinq secondes pour comprendre que l'arrivée de Donna va bousculer tout l'équilibre qu'elle vient de créer.

— La prochaine fois, je ne sais pas si je pourrai encore venir. Tout ce trajet en train et en taxi, ce n'est plus de mon âge.

Sylvia lui prend des mains sa valise et l'éternel kouglof qu'elle apporte chaque fois, bien que personne n'aime vraiment ça dans la famille, et que cela n'ait rien à voir avec le mot d'ordre de la journée. Tout en la débarrassant de son manteau trop hivernal pour la saison, ce manteau si lourd au parfum de pivoine, elle sent déjà ce que sa présence va enlever à cette journée d'insouciance et de légèreté. Comme d'habitude, Donna trônera à sa place, le visage crispé par quelque inquiétude physique ou météorologique ; et à travers ses plaintes, ses soupirs, sa façon de manifester son épuisement, elle signifiera à quel point tous les efforts de sa fille restent impuissants à la contenter.

— Tu n'as pas mis la table ?

— Si, sur la terrasse.

— Sérieusement ? lance-t-elle en s'avançant d'un air inquiet jusqu'à la baie vitrée.

Sylvia comprend aussitôt l'erreur qu'elle a commise par ce choix audacieux de dresser la table dehors en plein automne ; personne plus que sa mère ne craint la fraîcheur et les courants d'air. Donna ouvre la porte coulissante ; Sylvia la suit jusqu'au jardin. Qu'est-ce qui fait encore d'elle, à presque cinquante ans, la petite fille servile qui redoute le verdict de sa mère ? Elle la regarde, debout au milieu de la terrasse, resserrant le col de son chemisier comme s'il suffisait de cela pour se protéger d'une attaque de froid ; elle regarde son visage, lisse encore pour ses soixante-quinze ans (car comment les plis auraient-ils pu marquer cette figure qui n'a jamais souri ?), mais si constamment tendu que les yeux se sont bridés au-dessus des joues démesurées. Elle la regarde, et ne saurait dire si elle la trouve comique, ou terrifiante.

La douceur du jour aura peut-être raison d'elle. Donna reste plantée là un moment, immobile sous les guirlandes et les lampions qui se balancent. Par-delà le jardin, on aperçoit les coteaux striés de vignes rousses, et sur leur crête les murailles du château léchées de lumière. On se croirait en septembre. Comment ne pas céder à cette promesse de belle journée ? Serait-il possible que même elle n'eût rien à y redire ?

— Ça manque tout de même de fleurs, dit-elle après un silence, d'un air presque las, comme s'il lui avait fallu un effort pour trouver un objet de reproche. Pas de fleurs à un anniversaire, c'est un peu dommage, hein ?

À cet instant, Sylvia sent monter en elle ce possible : se laisser aller à la colère. Céder à la tentation de décharger sur elle toutes ses tensions, elle qui a à peine soufflé de la matinée, elle qui ne s'est souciée de rien d'autre que rendre cette journée agréable à tous. Mais hors de question de faire ce plaisir à sa mère. Comme ce matin, dans un serrement de poing, elle verrouille un peu plus en elle son armure imaginaire.

— Oh, mais c'est une très bonne idée ! Allons-y ensemble, le fleuriste doit être encore ouvert.

Son entrain désarçonne Donna. La voilà battue à son propre jeu : Sylvia ne s'emportera pas. Pas aujourd'hui.

Surtout, ne pas faillir.

Quoi qu'il arrive, garder ce sourire confiant, détaché.

Laisser la colère glisser sur elle.

Elle traverse le salon d'un pas leste, tout en percevant derrière elle le quintal essoufflé de sa mère. Cinq minutes plus tard, les voilà toutes deux serrées dans la voiture, traversant le village désert en ce dimanche matin.

— Comment va Colombe ? demande Donna après un long moment. La dernière fois que je l'ai eue au téléphone, elle a dû raccrocher car elle avait la migraine. Apparemment, elle a dû rester toute la journée dans sa chambre, volets fermés.

— Oh, ce n'était qu'une grosse fatigue. Le lendemain, c'était fini. Elle est en pleine forme, tu verras.

— Ah bon…

Elles se taisent. Mais sous le silence, Sylvia peut sentir ce soupçon amer et étouffé, ce soupçon que sa mère comprime en elle depuis des années et qu'elle ne laisse échapper que par sous-entendus : que sa fille prenne les choses trop à la légère ; que ses petits-enfants ne soient pas totalement en sécurité. Il y a quinze ans, après l'accident, Donna s'était proposée de venir s'installer en Alsace, près de chez eux, sous prétexte de les soutenir. « Et puis, ça fera du bien aux petits d'avoir leur mamie à leurs côtés », disait-elle. Mais Sylvia avait toujours refusé, convaincue qu'en leur offrant son aide elle n'avait en réalité qu'une idée en tête : éviter de la laisser seule avec les enfants. Les protéger de leur propre mère.

— Moi, si j'étais toi, vu ses antécédents, je lui ferais tout de même passer une IRM, finit-elle par lâcher tandis que la voiture se gare. Enfin, c'est toi qui vois.

À ce mot, « IRM », l'image de la cicatrice s'imprime à nouveau dans la tête de Sylvia.

Son enflure légèrement gaufrée ; ce ricochet, anomalie sur la peau lisse.

Un à un, elle sent ses muscles à nouveau se renouer.

Le fleuriste est sur le point de fermer. Elle se dépêche de traverser la place, sa mère derrière elle.

— Vous auriez quoi ? C'est pour l'anniversaire de ma fille.

— Ah plus grand-chose, madame...

Son dos se voûte, sa nuque se crispe. Et soudain, elle repense à Mrs Dalloway courant dans Londres le matin de sa réception pour aller chercher des fleurs.

— À cette période de l'année, vous savez...

« Mrs Dalloway dit qu'elle se chargerait d'acheter les fleurs elle-même » ; la première phrase du livre lui revient en tête. C'est étrange, tout ce qui les relie aujourd'hui (leur âge, leurs fleurs, leur réception), et tout ce qui les sépare d'une façon cruellement ironique – car au même moment, Sylvia se rend compte que les étals n'ont presque rien d'autre à offrir que des ornements de cimetière.

— Si j'avais su, je m'en serais occupée, souffle Donna.

Deux ridicules bouquets d'anémones : c'est tout ce qu'elles rapporteront.

Il est midi quand elles rentrent. En passant le seuil de la porte, quelque chose semble avoir bougé depuis ce matin – comme un déséquilibre, un chancellement infime. Le match de rugby se termine. Donna s'affale sur le canapé, soupire déjà de fatigue, puis voyant que c'est sans effet, prétexte un souci sur son téléphone portable pour avoir l'attention de Jacob. Sylvia va à la cuisine couper les tiges et mettre les fleurs dans un vase. De nouveau, cette impression que la crédence tremble sous ses yeux. Une imperceptible fêlure, qu'elle n'avait jamais remarquée, se déploie sur le carrelage en béton. Ce matin, pourtant, elle aurait juré qu'elle n'y était pas.

Mais voilà qu'au loin elle entend du remue-ménage, bruit de portières qui claquent, une petite voix flûtée, la porte d'entrée qui s'ouvre et des « Papy ! Papy ! » qui se mettent à fuser. C'est Charlotte, la fille d'Adèle. Les premiers invités viennent d'arriver.

Elle ouvre la porte-fenêtre, le vase contre la poitrine.

Et soudain, elle est là.

Debout sous les lampions de la terrasse. Cheveux plumeux, épaules nues, Colombe regarde devant elle l'étendue de vignes rousses en mangeant sa tartine.

Sensation étrange – comme si Sylvia la voyait pour la première fois.

Sa beauté dans la lumière d'automne la sidère tellement qu'elle ne sait même plus quoi dire – pas même « Bon anniversaire ». Mais, derrière elle, la petite Charlotte arrive en trombe et le fait à sa place en se jetant dans ses bras ; alors Colombe se retourne, sourit, et le cœur de Sylvia se met à bondir. Le jour retrouve son équilibre ; ses forces lui reviennent. Sa fille est réveillée. Elle a vingt ans. Et aujourd'hui, elle va lui offrir la plus belle des journées.

IV

J'ai fini par céder : je me suis couchée sur le banc de la salle d'attente. J'ai étalé mon gilet comme une couverture. Et voilà que, les yeux grands ouverts, tendus de fatigue, j'essaye de ramasser mentalement tous les petits morceaux de la vie de Colombe, de recoller tout ce que j'ai laissé s'émietter pendant des années.

Où est-il, le premier fragment ? Le point d'origine, celui par lequel sa vie est venue percuter la mienne ?

Je me souviens de la première manifestation sensible par laquelle j'avais appris sa venue : une marque bleue translucide, si diaphane et difficilement perceptible, que j'étais retournée à la pharmacie pour demander confirmation.

— Ah oui, madame, il n'y a pas de doute, m'avait dit la préparatrice en levant le test à la lumière. Même très ténue, la ligne est là. Toutes mes félicitations.

J'étais incrédule. En attendant le premier rendez-vous chez le gynécologue, j'avais refait le test plusieurs fois, pour m'assurer que le bébé était toujours bien là. Qu'il ne m'avait pas tout à coup échappé, sans que je m'en aperçoive.

Aucun symptôme ne me signifiait sa présence. Nulle fatigue, nulle nausée ne venait me confirmer la métamorphose qui s'opérait en moi. Je m'étais toujours représenté la grossesse comme une sensation de bourgeonnement, une boursouflure de tous les tissus, intuitivement reconnaissable. Pendant des semaines, j'avais guetté en moi la moindre anomalie. Tout picotement dans les seins, tout élancement dans le bas-ventre, je l'attendais avec cette même curiosité qui m'avait prise au début de la puberté. Mais rien n'avait changé. Tout était resté vide. Anesthésié. Comme si, alors même que j'avais désiré plus que jamais cette maternité, mon corps refusait de s'y laisser aller.

Pourtant, sans qu'il y paraisse, Colombe tissait dans mon ventre son cocon de sang. Minuscule, elle s'accrochait déjà à moi avec toute sa pugnacité.

En réalité, le premier signal qu'elle m'envoya n'eut rien de physiologique comme je me l'étais imaginé. Il prit la forme d'un tressaillement. D'une secousse bien plus profonde. Si discrète fût-elle, Colombe me bousculait déjà. Prête à renverser la jeune femme éteinte et docile que j'étais jusqu'alors.

Finalement, c'est là qu'elle a eu lieu, notre première rencontre : un matin d'avril. Je suis enceinte d'un mois ; personne d'autre ne le sait à part Antoine. Comme tous les dimanches, je prends la route jusqu'à Auboué. Traverse la route bordée de pylônes et de champs de colza. Vingt minutes encore de trajet, par-delà les zones commerciales et les ronds-points – et m'y voilà. Un petit lotissement construit dans les années soixante-dix, fait d'un méandre de rues aux noms fleuris : « Capucines », « Bleuets », « Hortensias ». Murs de crépi beige, volets boisés : ici, toutes les maisons se ressemblent. À quelques rues de là, les affaissements miniers ont laissé des pavillons comme ceux-ci en ruine. Ici, la terre est friable ; les galeries abandonnées ont fait gondoler les rues, fissurer les murs des maisons et fuir les riverains. C'est là que j'ai grandi. Là que j'ai vécu seule avec ma mère, depuis le départ de mon père, l'année de mes six ans.

Debout dans l'encadrement de la porte, ses pantoufles encore aux pieds, maman m'attend.

— Ouh là, tu as mauvaise mine toi. Viens, entre.

Je me revois encore la suivre jusqu'à l'intérieur, ôter mes chaussures pour ne pas salir, puis monter l'étroit escalier en bois ciré jusqu'à la salle à manger. Ma mère m'a préparé ses traditionnels *arancini* ; tout en mangeant, elle me parle de ses soucis de santé, son diabète, sa hanche douloureuse, ce tout nouveau médecin qu'elle soupçonne de prendre ses maux trop à la légère. Et tandis qu'elle soliloque, je regarde mon plat baigné de sauce, le même à peu de chose près servi chaque dimanche. Je regarde cette pièce où rien n'a bougé depuis vingt ans, meubles en noyer, rideaux de velours, tapisserie fleurie que ma mère n'a jamais eu le courage de refaire malgré mes propositions de coup de main. Je la regarde, elle, vieille avant l'heure, empêtrée dans ses douleurs chroniques – ce que j'ai toujours pris pour les manifestations d'un mal beaucoup plus profond, une dépression enracinée depuis des années et qu'elle n'a jamais voulu traiter. Je regarde tout cela, et quelque chose se noue dans mon ventre, un vertige, une nausée – comme si, de cette immobilité de vingt ans se dégageait une étrangeté soudain hostile.

Dans une autre vie, pourtant, cette maison avait été ouverte, lumineuse, et nous y avions été une famille heureuse. J'en ai encore gardé quelques images, crépitant comme sur ces diapositives qu'on projette sur un drap blanc les dimanches de pluie – ma mère mince et enjouée, italienne dans toute sa splendeur, nous préparant ses *arancini* en écoutant Nicoletta ; mon père, cheveux fous et lunettes carrées, faux air de Woody Allen, qui l'aidait à éplucher les oignons en faisant le pitre et en me racontant des histoires à dormir debout. Je me souviens des amis qui venaient manger, des grandes tablées sur la terrasse, du jardin à l'herbe mouillée où je courais pieds nus et dont la fraîcheur me faisait frissonner. Petite sauvage, disait ma mère, petite barbare. C'était difficile à croire, mais dans une existence antérieure, j'avais peut-être ressemblé à Colombe.

Et puis, un jour, bien avant que les anciennes mines ne fassent craquer les premières maisons du lotissement, notre vie à nous s'était déjà fêlée. Mon père, que je n'avais jamais vu rien prendre au sérieux, avait soudain déclaré qu'il *n'en pouvait plus*, qu'ici il *étouffait*, qu'à quarante ans il n'avait *rien fait* – et il était parti, comme ça, quelques jours seulement après ma rentrée au CP. Il s'était installé à Paris avec une prof de français grêle et échevelée, pour, disait-il, mener une vie plus stimulante intellectuellement. Plus tard, parallèlement à son poste de documentaliste, il avait publié quelques romans à compte d'auteur, et tout satisfait de lui-même, allait se vendre dans les Salons du livre en s'autoproclamant « écrivain ». Mais tandis qu'il refaisait sa vie, la nôtre s'était ramassée comme les morceaux d'essuie-tout que ma mère roulait en boule pour sécher ses larmes. Son corps s'était mis à enfler ; en quelques mois à peine, il s'était recouvert d'une trentaine de kilos. Je garde encore cette image d'elle dans sa chambre aux volets clos, étendue sur son lit, reniflant et gémissant « Maman se repose, va jouer s'il te plaît » ; alors je restais seule. Je me souviens de mes longues errances dans la maison ; de cette même étrangeté qui m'habitait au milieu des pièces vides, baignées d'une pénombre poussiéreuse. Je sentais le vide s'enrouler dans mon ventre comme un serpent. Pour me rassurer, je m'inventais des histoires comme celles qu'autrefois mon père me racontait. Dans mon imaginaire de petite fille, un sortilège s'était abattu sur la maison ; le temps s'était suspendu ; tout s'était endormi. J'étais devenue la gardienne des murs. Je me disais, je serai une petite fille sage, je ne ferai pas de bruit. Alors, pour ne pas gêner maman, je gommais mes contours, je me fondais dans l'ombre, je disparaissais. J'étais persuadée qu'un jour mon père reviendrait et que le charme serait rompu : ma mère se réveillerait, mince et joviale à nouveau, les rideaux s'ouvriraient, l'herbe du jardin serait à nouveau mouillée sous mes pieds nus, et nous serions heureux.

Mais mon père n'était jamais revenu dans le petit pavillon d'Auboué. Je me souvenais vaguement de quelques week-ends avec lui chez mes grands-parents paternels où nous nous retrouvions, marqués par l'ennui et le malaise. Et puis, nos rencontres avaient fini par s'espacer. Adolescente, je dévorais les livres dédicacés qu'il continuait de m'envoyer, nourrissant le fantasme d'un père plein d'esprit, sensible, bien plus proche de moi que ne le serait jamais ma mère. Je rêvais qu'un jour nous nous retrouvions ensemble à Paris, dans un de ces cafés feutrés aux tentures d'andrinople où les éditeurs, paraît-il, se donnent rendez-vous ; que nous parlions des livres que je lisais et de ceux qu'il écrivait, et que sitôt le bac en poche il me proposerait de vivre avec lui pour que je puisse étudier à la Sorbonne. Mais l'année de mes seize ans, nous avions appris qu'il était mort d'un AVC. Il m'avait laissé tous ses livres, un petit héritage qui m'avait permis bien plus tard de quitter Auboué pour m'installer à Metz – et cette certitude que ma mère ne cessait de me reprocher : c'est à lui que je ressemblais.

Le temps s'était délié. Dans la maison endormie, menacée elle aussi à tout instant de s'affaisser, tout s'était figé ; chaque objet s'était comme recouvert d'une pellicule couleur café. Le corps de ma mère n'avait pas désenflé, ce qui avait fini par peser sur son cœur et ses articulations. « Quand je serai à la retraite, disait-elle, j'irai en cure, je perdrai du poids. » Paroles en l'air, je le savais – car de cette enveloppe charnue, elle avait fini par s'accommoder, et même s'y complaire. Moi aussi d'ailleurs, ne m'étais-je pas habituée à tout cela ? Dans un mouvement inverse à celui de ma mère, je m'étais effacée. J'étais devenue si poreuse que je ne ressentais à présent plus aucune frayeur à sentir le vide me traverser.

Mais ce jour-là, ce jour d'avril, peut-être parce que c'est à mon tour de fonder une famille, tout remonte à la surface. J'ai l'impression que je respire pour la première fois le limon rance que les années ont déposé derrière elles – et mon cœur se soulève.

— Oh et puis, comment veux-tu que ça aille mieux ici ? Il faudrait que je parte loin, quelque part au soleil, mais avec qui ?

Ma mère a servi les tisanes, et la voilà maintenant qui parle du lotissement vieillissant, de tel voisin mort d'un cancer, de son tour à elle qui va bientôt venir – toutes ces plaintes que j'ai toujours écoutées patiemment, en brave fille consolante, mais derrière lesquelles je devine le reproche ténu, le reproche lancinant qui m'est adressé, celui de ne pas en faire pour elle suffisamment, celui de la laisser là, abandonnée, comme mon père l'avait fait.

Alors, quand elle se tait enfin, mon souffle se suspend ; mon ventre se vrille. Je sens que cela monte lentement en moi – l'envie irrépressible de tout faire trembler autour de moi.

— Je suis enceinte.

J'ai prononcé les mots calmement, sans ciller, sans m'excuser.

Je sais pourtant le séisme que cette annonce va provoquer. Je peux deviner par avance ce qu'elle va me dire. Cent fois dans ma tête je m'y suis préparée. Que je suis folle de compromettre ainsi la fin de ma thèse ; que je vais tout gâcher. Et puis quelle idée de se mettre en couple avec un homme plus âgé que moi, divorcé et déjà flanqué de deux gamines ? Cent fois dans ma tête j'ai anticipé mes justifications, mon argumentaire, mes paroles consolatrices. Et pourtant, aujourd'hui, je me sens habitée d'une force que je ne me connaissais pas.

Je répète ces mots, qui sonnent presque comme une provocation : « Je suis enceinte. » Le séisme peut bien venir : je l'attends.

Sous mes yeux, le visage de ma mère se décompose.

Puis, l'une après l'autre, toutes les étapes du drame attendu se déroulent – de la stupéfaction à l'interrogatoire, « C'est un accident ? », « Qu'est-ce qui a bien pu te passer par la tête ? », puis la lente montée des reproches, « Tu m'achèves », « Comme si j'avais besoin de ça », jusqu'au climax, vertiges, palpitations, « Je ne me sens pas bien », malaise cardiaque imminent, « Non inutile de déranger les pompiers », et le final enfin, elle étendue sur le lit, son mouchoir dans la main, me demandant de la laisser en paix.

J'observe tout cela sans dire un mot. Et tandis que je la suis jusqu'à sa chambre, cette chambre aux rideaux fermés où, enfant, je n'avais pas le droit de la déranger, tout soudain remonte comme un haut-le-cœur. Les années gâchées, la triste litanie des reproches et des lamentations. Mon enfance engourdie. Malgré mes efforts pour garder mon sang-froid, je sens une boule acide se gonfler dans ma gorge. Que se passe-t-il ensuite ? Qu'est-ce qui vacille soudain en moi ?

—Être mère, toi ? murmure-t-elle entre deux sanglots. Mais, ma fille, qu'est-ce que tu te racontes encore comme histoire ? Tu n'auras jamais la force.

Et là, quelque chose se fissure.

La grenade qui explose.

Me jeter sur elle. Lui agripper les bras, pétrir entre mes mains la peau charnue, la peau molle comme du pain ; sentir tout près du mien son visage hébété de victime. De toutes mes forces me heurter à ce corps colossal, monolithique, ce corps que je croyais flasque et malléable, mais dont la résistance me surprend, ce corps impossible à secouer autant qu'il était impossible de s'y lover ; alors hurler, hurler de toutes mes forces, « Tais-toi ! Tais-toi ! Tais-toi ! », le répéter dix fois, vingt fois, jusqu'à sentir dans ma bouche un goût d'acier ; et laisser la colère me remplir, me dénouer, laisser la colère jaillir de moi avec une jubilation que je ne connais pas ; et quand tout est sorti, ne rien pouvoir faire d'autre que m'enfuir, courir pour ne pas sentir mes jambes flageolantes, redescendre les escaliers en bois ciré, claquer la porte derrière moi, reprendre la voiture et rouler, m'enfuir pour ne pas subir sa toute nouvelle gloire de mère brutalisée.

Sur le trajet du retour, j'essaye de reprendre mon souffle, de faire décélérer mon rythme cardiaque. D'abord, j'éprouve un soulagement de tout le corps, un long frisson presque euphorique. Moi l'enfant sage, irréprochable, d'où ai-je pu sortir une telle rage ? Quelle digue a soudain lâché, quelle force m'a entraînée, pour que je me mesure enfin à elle ? Mais plus les kilomètres défilent, plus l'euphorie s'émousse ; je reviens à la raison. De retour à Metz, je tente de la rappeler. Lui laisse plusieurs messages, « Pardon, maman, je ne sais pas ce qui m'a pris » ; « Désolée si je t'ai déçue, j'ai perdu pied » – mais tous restent lettre morte. Pendant des mois, elle ne me répondra pas. Je connais le sens de ce silence, les mots cachés qu'il me laisse entendre : « Je suis pétrie de douleur, je me protège de toi » ; « Laisse-moi mourir de solitude comme ton père l'a fait avant toi. » Et surtout : « Comment veux-tu être mère si tu ne sais pas maîtriser tes émotions, si tu es si brutale ? Moi, je n'ai jamais levé la main sur toi. Moi, j'ai toujours fait mon devoir, seule, sans personne pour m'aider. Et voilà comment tu me remercies. »

Il me faudra des semaines pour accepter l'idée que je vivrai ma grossesse sans le soutien de ma mère. Des semaines pour que s'apaisent en moi les résonances de cet épisode, la honte d'avoir été si furieuse. Mais quand j'y repense aujourd'hui, je le sais : c'est ce jour-là peut-être que l'amas informe de cellules présent dans mes tissus est devenu Colombe. Comme si, par cette rage soudain expulsée, la vie en elle s'était enfin animée.

V

J'avais toujours appris que, dans le ventre de sa mère, le fœtus, relié à elle par le placenta, se nourrit de tout ce qu'elle lui transmet : eau, nutriments, oxygène, anticorps. Je savais aussi que les émotions y avaient leur part : que le bébé ressentait tout, le moindre soubresaut, et que l'état psychologique de la mère pouvait conditionner de façon irréversible son développement cérébral et son caractère à venir.

Mais je ne sus jamais laquelle de nous deux influa sur l'autre. Est-ce ma propre violence, enfin ressurgie, qui fit de Colombe l'enfant explosive qu'elle allait devenir ? Ou, par une puissance mystérieuse, n'était-ce pas le contraire qui se passait – elle qui, nichée au fond de moi, me transmettait déjà sa colère ?

Car pendant ces premiers mois où nous fûmes connectées l'une à l'autre, il irradia en moi une fureur que je n'avais jamais ressentie et qui me fit tout renverser sur son passage : ma mère, ma thèse, tous les liens qui me rattachaient à la jeune fille sage que j'avais été.

« Des sautes d'humeur ? Oh ne vous en faites pas, c'est hormonal, avait dit le gynécologue. Je vais vous prescrire de l'homéopathie. »

« Alors, comment va le dragon ce matin ? » disait Antoine en m'embrassant. Il s'amusait de mon *caractère de cochon*, de mes crises théâtrales quand j'étais capable de jeter tout un repas à la poubelle à la moindre fausse note, quand je mettais l'appartement sens dessus dessous sous prétexte que je le trouvais mal agencé, ou que je supprimais des pages entières de ma thèse sur un coup de tête. Oh, il savait ce que c'était, après tout il avait déjà connu ça deux fois avec son ex, deux grossesses en moins de deux ans, penses-tu, alors il prenait les choses avec philosophie, m'enveloppait de sa gentillesse lénifiante, de ses prévenances douceâtres – comme si cela aurait pu faire taire ce qui ruait à l'intérieur de moi.

Comment pouvait-il comprendre, idiot qu'il était, que j'étais aux prises avec une force qui me dépassait, bien plus profonde qu'un simple bouleversement hormonal, une force qui relevait de la destruction, de l'effroi et du chaos ?

Au fond de moi, quelque chose s'était fendu. D'un coup net, la coque s'était fêlée. Les fissures avaient grandi, elles s'étaient ramifiées, puis ouvertes. C'est là que le bébé s'était tapi. Au fond de mon corps, ce corps que je croyais poreux, hostile à toute forme de vie, un nouvel organe s'était formé. Il y avait pris racine ; peu à peu, il avait tissé ses fils. Il n'avait encore ni sexe, ni visage, ni voix. Les trois premiers mois, il ne se manifesta qu'à travers un taux exponentiel d'HCG sur une ligne de compte rendu de laboratoire d'analyses. J'espérais qu'à la première écoute des battements de cœur l'émerveillement viendrait. Mais les petits cognements égrappés à travers le doppler ne firent que renforcer l'étrangeté qui m'habitait. Car c'était désormais certain : j'avais *un bébé dans le ventre*. J'allais être *maman*.

Comment fallait-il s'y prendre ? J'essayais de me projeter dans cette vie d'après qui m'attendait d'ici quelques mois ; j'avais l'impression que ce serait comme traverser le miroir, entrer dans une réalité parallèle. Combien de fois ma mère m'avait-elle dit qu'élever un enfant était un sacrifice, qu'il fallait se battre tous les jours, ne jamais baisser les bras, et puis les hommes, n'y compte pas ma fille, tous les mêmes, combien de fois l'avais-je entendue se plaindre de sa fatigue, me dire « j'ai tout mené de front », « j'ai donné ma vie pour toi » ? La figure maternelle s'était toujours pour moi apparentée à un corps rompu et noué, qui en avait déjà trop subi pour supporter le bruit, les rires et les colères, un corps qu'il était même interdit de serrer trop fort, un corps qu'il fallait ménager, préserver, consoler. Était-ce ce que j'allais devenir ? Après tout, je descendais d'une lignée de femmes sacrifiées, aux destins secoués de drames qu'on racontait de génération en génération : ma mère avait été abandonnée par son mari ; ma grand-mère avait perdu un petit garçon de dix ans dans un accident de vélo ; mon arrière-grand-mère avait fui l'Italie de Mussolini où elle avait connu une vie de pauvreté et de labeur ; et celle d'avant encore, qu'on appelait *la Nonna*, la mère suprême par excellence, était morte d'épuisement après avoir accouché de son seizième enfant. Toutes plus puissantes les unes que les autres, intouchables saintes drapées dans leurs malheurs, elles avaient façonné mon imaginaire, construit en moi un modèle inconscient. J'avais cru que la grossesse suffirait à me transfigurer, à me rendre forte comme elles, prête à affronter la dure réalité. Je m'étais trompée. Je n'étais pas forte. J'étais comme mon père, trop fragile, trop lunaire – et déjà je sentais que, comme lui, je pourrais ne pas *tenir le coup*, étouffer dans cette vie trop pragmatique, avoir envie de foutre le camp. Mais l'être silencieux qui vivait en moi me rappelait que je n'avais pas le choix. Avec toute sa hargne, il me tirait de l'autre côté. La colère que j'éprouvais, ces prétendues « sautes d'humeur », ce n'était rien d'autre qu'une révolte ; un refus obstiné de devenir cette mère-là.

Quelques mois auparavant, pourtant, j'aurais tout donné pour cette grossesse, je l'aurais chérie, je l'aurais affichée avec orgueil. Qu'est-ce qui me rendait si aride, si réfractaire ? Par discrétion, superstition, ou peut-être par déni, je m'obstinais au contraire à en garder le secret. Au printemps, ma directrice de thèse me rencontra pour savoir où j'en étais dans mon travail. Depuis près d'un an, tout occupée à mon histoire d'amour et à la préparation de mon nid, j'avais laissé nos relations se distendre et d'autres doctorants plus courtisans que moi – Joshua le premier – se jeter sur les morceaux que je leur laissais. Je le savais : mes chances d'obtenir ses faveurs pour un futur poste s'étaient considérablement amenuisées. Mon travail n'avançait guère, ma rédaction restait au point mort. Pourtant, quand elle me lança, « Alors, on soutient cet automne ? », j'acquiesçai comme la bonne élève que j'avais toujours été. Je n'avais même pas réalisé que mon terme était prévu pour fin octobre, et que je serais alors dans l'incapacité totale de soutenir quoi que ce soit.

J'attendais fébrilement la première échographie, comme une rencontre avec un inconnu. Je craignais que le fœtus ne soit pas viable ; sa discrétion me faisait redouter le pire, qu'il soit trop faible, mal accroché, que quelque chose d'anormal se développe en lui. Mais il n'en était rien. Le bébé était solide. Son lien à moi était tenace. Sur l'image obscure, il m'apparut enfin, lui si mystérieux, avec son profil déjà humain, ses poings déjà serrés. Je restai un long moment devant l'écran, fascinée par cette image toute en transparence où se dessinaient le squelette, l'arrondi de la colonne vertébrale, les lobes du cerveau. J'observai le front bombé, les courbes du nez et du menton, promesse d'un visage qui m'était encore secret mais dans lequel il me semblait deviner un imperceptible froncement. C'est là que j'eus l'intuition de sa puissance, le présage que ce petit être aurait sur moi un pouvoir absolu. Alors, pour la première fois, je baissai les armes. J'acceptai de l'accueillir.

Presque immédiatement, comme par magie, mon ventre commença à s'arrondir, mes seins à se gonfler – si bien que je me retrouvai par surprise engoncée dans la petite robe blanche que je portais le jour de mon mariage avec Antoine.

Ce fut une cérémonie intime. Seuls nos témoins étaient présents, Caro pour lui, Joshua pour moi. Je n'avais jamais aimé les grandes effusions ; quant à Antoine, il se serait bien gardé de se lancer à nouveau dans une réception pompeuse comme Isabelle l'avait souhaité dix ans plus tôt. Nous ne voulions rien d'autre que passer une belle journée. Et elle le fut. Après la cérémonie, nous avions mangé à la terrasse ombragée d'un petit restaurant en bas de la cathédrale, sous des pommiers en fleur, et l'air était doux. Je regardais Antoine qui rayonnait, comme au faîte de sa vie, prêt à tout m'offrir, prêt à me porter s'il le fallait ; et tandis qu'il levait son verre à nous, à cette nouvelle vie qui commençait, un peu follement il en convenait, à ce bébé inespéré à quarante ans, je prenais conscience que je n'avais pas le droit de gâcher sa deuxième chance. Je serais son dernier mariage. Le plus heureux. La main posée sur mon ventre, je décidai d'étouffer ma colère. De la tordre de toutes mes forces, jusqu'à ce qu'au creux de ma gorge elle cesse de pulser.

Le lendemain, j'écrivis une lettre à ma directrice de thèse, copie jointe à mon chef de département, pour les informer de mon état. J'avais tout à fait conscience que cet événement perturbait la fin de mon doctorat ; l'enfant devant naître fin octobre, il m'était en effet impossible de soutenir dans les délais impartis. Aussi devais-je repousser cette échéance au printemps prochain, après mon congé maternité. Je les assurais de ma motivation toujours intacte – mais au fond de moi, je le savais : cette maternité m'arrangeait bien.

Elle servait de couverture à mes accès de paresse, à ma volonté trébuchante, à mes craintes de ne pas réussir. Comment pouvait-on me reprocher d'avoir échoué si je devenais mère ? Comment regretter mes ambitions gâchées, si j'accédais à un bonheur plus intime, plus essentiel, celui de fonder une famille ?

Ainsi, après avoir terminé de corriger les derniers partiels, je mis de côté mes livres et mes cours, pour laisser la place aux premières affaires de bébé.

Dès lors, je ne me concentrai plus que sur une tâche : faire de moi une mère. Je serais appliquée. Consciencieuse. Disciplinée. Tout comme j'étais devenue une enfant sage, puis une étudiante modèle, je visais l'excellence. Je me rappelle ce slogan qu'une marque de produits de puériculture affichait à l'époque sur les panneaux publicitaires des zones commerciales : « Pour un enfant réussi ». On y voyait un bambin d'une quinzaine de mois, peau veloutée, yeux d'agate, assis dans un décor aux couleurs pastel. Comme beaucoup, j'avais été dérangée par cette image trop lisse, cette promesse de bonheur à laquelle la notion de *réussite* s'ajoutait de façon écœurante. Et pourtant, je ne pouvais m'empêcher de me laisser naïvement charmer par ce mirage. Moi aussi, je voulais un enfant *réussi*. Que notre famille soit *réussie*. Le bonheur était là maintenant, à portée de main. En l'espace de quelques semaines, je lui avais sacrifié ma mère et ma thèse. Je n'avais plus le droit à l'échec.

En bonne élève soucieuse de bien faire, j'avais donc acheté tous les livres possibles sur la maternité et l'éducation.

« Il est primordial que le fœtus entende la voix de sa mère », y disait-on. J'avais plusieurs fois essayé de parler au bébé, mais toutes mes tentatives étaient restées vaines. À peine avais-je ouvert la bouche que mes paroles me semblaient fausses et idiotes. Alors j'avais inventé un autre rituel. Le matin, j'oignais mon ventre d'une huile couleur or, qui sentait la noisette et le sésame ; longuement, je massais la peau, chaque jour un peu plus tendue, et je chantais cette chanson ressurgie de mon enfance, cette chanson qui parlait de plume, de lune et de berceau, que mon père autrefois me fredonnait :

Cette nuit, tu seras plume
Tu seras oiseau
Tu voleras vers la lune
Loin de ton berceau
Tout là-haut dans les nuages
Et au matin gris
Tu redescendras bien sage
Dans ton petit lit.
Coucoulou coucoulou...

Et à mesure que je chantais, le bébé me semblait moins étranger. Dans la rondeur de mon ventre, dans la rondeur de la lune et du berceau, je l'enveloppais.

Je me souviens de ce deuxième trimestre de grossesse comme d'un cocon de douceur et de paresse. C'était le début de l'été, les cours à la fac étaient terminés, Antoine travaillait, et je restais toute la journée dans l'appartement silencieux, baigné de soleil, sans savoir que je vivais là mes derniers moments de solitude heureuse. J'avais de longues journées devant moi, que je passais à dormir, à lire ou à ranger la maison. M'inspirant des images léchées des blogs de mamans, je chinais sur la toile vêtements, matériel et objets de décoration, minuscules mignonneries dont je peuplais le futur univers de bébé. Bientôt, la pièce qui faisait jusqu'alors office de bureau se remplit de babioles, doudous cotonneux, guirlandes en papier, petites lumières douces comme des lucioles. J'entamais à peine mon cinquième mois de grossesse que le berceau en rotin trônait déjà au milieu de la pièce. Au-dessus du lit, j'avais suspendu un mobile fait de petits oiseaux aux plumes argentées, prêts à veiller sur l'enfant comme autant d'anges gardiens.

Un enfant réussi.

À défaut de savoir lui parler, je l'envahissais de chants, de musiques et de caresses. Je passais mes journées à lui faire écouter les *Variations Goldberg*, dont les notes rebondissaient comme de petites gouttes de pluie, les airs charmants de *La Flûte enchantée*, ou les accords hypnotiques de *Beyond the Missouri Sky* – en espérant secrètement faire de lui un mélomane. Je lui lisais à voix haute des passages d'*Alice in Wonderland* ou des poèmes de T.S. Eliot, pour le familiariser avec la langue anglaise. Je nous avais même inscrits, Antoine et moi, à des séances d'haptonomie, où nous nous étions retrouvés avec de futurs parents tout aussi soucieux d'éveiller la sensorialité de leur enfant. Je lisais des articles sur les avancées des neurosciences, la plasticité incroyable de la matière cérébrale, l'importance d'exploiter le plus tôt possible le potentiel des bébés. J'étais de la meilleure volonté de monde, persuadée que je mettais ainsi toutes les chances de son côté. Je ne voulais rien gâcher. Mon bébé serait éveillé, me disais-je. Il serait curieux, inventif, armé comme il se doit pour affronter ce monde déjà si dur.

Je commençais à l'imaginer. Je faisais des listes de prénoms, que je classais par catégories : ancien / en vogue / intemporel / original. Je cherchais la bonne mélodie, la consonance la plus juste, le prénom qui *ferait mouche*, celui qu'on ne pourrait qu'aimer. *Charlie*, *Pacôme*, *Hadrien*. Mon esprit tournait en boucle. *Swann*, *Gaspard*, *Harold*. Je faisais le ménage, je me préparais à manger, et la petite musique continuait. Un Léonard ne pouvait être que grave et tourmenté. Un Esteban, charmeur et polisson. J'allais au marché, je remplissais mon panier. Un Timothée, rêveur. Un Zacharie, enflammé. Puis je marchais jusqu'au Plan d'eau, je m'asseyais sur un banc et j'essayais de capter çà et là, dans les essaims d'enfants courant autour de moi, ceux qui auraient pu être lui. Bien sûr, ce ne pouvait être qu'un garçon. J'en avais l'intime conviction. On n'arrêtait pas de me le dire d'ailleurs, tu as le ventre qui pointe, ça ne trompe pas ; tu as des envies de salé, ça ne trompe pas ; et puis un petit frère pour Rose et Adèle, oh ce serait formidable. Au fil des semaines, la possibilité que le bébé fût une fille s'était tellement éloignée de moi, que je ne l'envisageais même presque plus. Je m'imaginais *avoir un fils*. Je voyais un petit bonhomme, cheveux noirs comme Antoine, peau laiteuse, lèvres rouges et charnues. Comme tous ces enfants autour de moi, il courrait dans ces allées poussiéreuses, traînerait derrière lui sa trottinette, ferait rouler ses petites voitures. Il serait volubile, un peu malicieux, parfois grave et sérieux comme une grande personne ; et nous irions tous les deux, sa petite main dans la mienne, causant de choses adorablement futiles, nous émerveillant de trésors minuscules ramassés sur le chemin, une coccinelle, un bout d'écorce ou un caillou. Il m'aimerait d'un amour absolu, d'un amour de fils, parfois jaloux et tyrannique ; et moi, à ses côtés, je serais à la fois plus forte et plus légère, d'une patience à toute épreuve, capable de sacrifier ma vie pour lui, mais sans jamais lui laisser entrevoir la moindre once de plainte ou de reproche. Et dans cette mère que je serais s'entremêlaient toutes celles que je connaissais, la mienne, mes aïeules, Isabelle, Caro, blogueuses, mamans guerrières, mamans de contes de fées – toutes réunies pour faire de moi, à mon tour enfin, *une mère réussie.*

VI

— C'est une fille.

Les mots de l'échographiste étaient tombés comme un couperet.

Je levai les yeux vers Antoine. Il riait et ses yeux étaient mouillés.

— Tu n'es pas déçu ?

— Tu rigoles ou quoi ? Avec toutes ces femmes autour de moi, je vais être le roi.

Sur l'image mouvante de l'échographie, à la fois plus précise et mystérieuse que la première, il me semblait que le front du bébé se plissait encore, comme plein de dureté.

« C'est une fille. »

Pour la première fois, mes illusions se heurtaient au réel. Je devais *réinventer* le bébé, réajuster toutes mes projections à cette donnée imprévue.

Dire adieu au petit bonhomme aux boucles noires.

J'étais terrifiée.

Fille, le bébé tout à coup devenait miroir, me renvoyait en plein visage celle que j'avais été – fille bancale, mal ajustée, sans cesse en quête de cette aura magique qui me rendrait jolie, sage et rayonnante, cette « féminité » que j'avais fini par acquérir mais dont les fondations en moi restaient toujours précaires. Je n'étais pas jolie ; je ne rayonnais pas. Ma seule victoire avait été d'être une enfant sage, mais il m'avait fallu pour cela des efforts de chaque instant, un contrôle sur moi-même permanent. Je me souvenais de moi à six ou sept ans, serrant les dents quand ma mère me coupait les cheveux courts comme un garçon. « Tu n'as qu'à pas hurler quand je te les coiffe. Les petites filles sages ne hurlent pas. C'est pour ça qu'elles ont le droit d'avoir les cheveux longs. Pas toi. » Je me souvenais de la rage sourde qui me soulevait quand je sentais ses mains s'appuyer lourdement sur ma tête pour m'empêcher de bouger, de l'espèce de chaleur qui me montait aux joues et me crispait tout le corps à mesure que les ciseaux faisaient leur œuvre et m'enlaidissaient, comme une punition.

Est-ce que ma fille me haïrait de la même manière ?

Est-ce qu'elle serait laide, teigneuse comme je l'avais été ?

Je l'aurais voulue douce, obéissante comme ses futures grandes sœurs. Car Adèle et Rose, elles, ressemblaient aux braves petites filles que ma mère me donnait toujours comme exemples. Elles se tenaient bien, étaient serviables, raisonnables, ne faisaient jamais de caprices. Et surtout, elles se laissaient coiffer. Cet été-là, quand elles vinrent passer les vacances chez nous, c'était moi qui m'en occupais tous les matins. L'une après l'autre, je brossais leurs interminables cheveux noisette pendant qu'elles lisaient, assises sur le marchepied.

— Je ne te fais pas mal ?

— Non, vas-y, tu peux y aller, disaient-elles de leur petite voix.

Et je passais la brosse, longtemps, ripant sur les nœuds sans que jamais elles sourcillent. J'aurais pu faire cela pendant des heures.

Elles étaient comme des poupées, dociles mais insondables, silencieuses compagnes de jeu.

Leur obéissance, pourtant, ne les rendait pas plus proches de moi. Le soir, pour me dire « bonne nuit », elles m'embrassaient du bout des lèvres. Elles évitaient toujours de m'appeler par mon prénom, n'avaient jamais besoin de moi. L'arrivée d'une petite sœur n'avait rien changé ; elles avaient accueilli la nouvelle avec une réserve polie. Adèle, par gentillesse plus que par intérêt, se hasardait parfois à poser sa main sur mon ventre quand je le lui proposais. Mais Rose, d'un caractère plus acéré, s'en était toujours abstenue. Elle préférait se lover contre Antoine, petit papa adoré qu'elle aurait voulu pour elle seule et qu'elle cajolait jalousement.

Je les regardais, hypnotisée par leur grâce, petites filles modèles comme dans les ouvrages de la comtesse de Ségur, et si dures pourtant déjà envers elles-mêmes, intransigeantes. Adèle, première de la classe, cumulait les activités extrascolaires, harpe, danse et dessin, dans lesquelles elle excellait, en compétitrice-née. Quant à Rose, elle était d'une intelligence secrète et aiguisée, capable de vous battre aux échecs à plates coutures ou de s'enfermer dans sa chambre pendant des jours pour lire *Harry Potter*. Toutes deux restaient pour moi un mystère. J'observais leurs jeux calmes, les dessins qu'elles faisaient, imperturbables, concentrées, et leur parfaite entente me troublait. Comment une troisième petite sœur aurait-elle pu trouver sa place, pénétrer le cercle parfait qu'elles formaient ?

Comment, surtout, saurait-elle être *à la hauteur* ?

Les semaines passaient, Adèle et Rose retournèrent chez Isabelle, et septembre arriva. J'étais dans mon dernier trimestre de grossesse. Dans la chambre du bébé, les affaires continuaient de s'accumuler, plus roses, plus veloutées, robes à volants, poupées en tissu, papillons en papier – comme autant de gris-gris qui feraient d'elle une petite fille comme il faut.

Malgré mon ventre ankylosé, je passais mon temps à ranger l'appartement ; je nettoyais, dépoussiérais, lavais la cuisine, désinfectais les placards. Je rêvais d'une maison aseptisée, d'un univers propre et ordonné, où tout aurait sa place. Je me rassurais autant que je pouvais, maîtrisant ce qui était encore maîtrisable, comme si je posais des digues avant l'arrivée d'un chaos. Incapable de lire, enfermée toute la journée, j'avais l'esprit qui tournait à vide. Je continuais de chercher un prénom, un prénom dans la lignée de ceux d'Adèle et de Rose, joli, légèrement suranné, un prénom d'enfant sage comme ceux que, petite, je donnais à mes poupées – et mes listes s'allongeaient, *Camille*, *Hortense*, *Mathilde*, je lavais les petites affaires en coton, les dépendais du séchoir, *Louise*, *Justine*, *Céleste*, je pliais les bodys et les pyjamas, sidérée à l'idée qu'un vrai corps bientôt les remplirait, *Blanche*, *Garance*, *Madeleine*, la petite musique tournait dans ma tête. Et puis un jour, alors que j'ajustais le mobile en forme d'oiseaux, le nom de Colombe vint jusqu'à moi. *Colombe, tu seras plume, tu seras oiseau*… C'était une évidence.

Antoine était partant.

« Adèle, Rose et Colombe ». Équilibre parfait, derrière j'entrevoyais la promesse d'un trio harmonieux.

Septième, huitième mois.

Premiers cours de préparation à l'accouchement. Sur des sofas molletonnés, aux formes incurvées comme des hanches, je m'installais aux côtés de femmes aussi enceintes que moi. Dans le groupe, certaines attendaient aussi leur premier enfant ; on pouvait les reconnaître à leur espèce de candeur, leur désir de bien faire, futur papa toujours présent, petit calepin en main pour prendre des notes, « Nous, ce qu'on voudrait, c'est une naissance aussi naturelle que possible ». Les autres, déjà mamans, visages plus bouffis, traits plus tirés, regardaient les premières en ayant l'air de se dire « Tu verras quand tu y seras, ma cocotte », et elles évoquaient leurs accouchements précédents, leurs bonnes intentions envolées aux premières contractions, la péridurale implorée, le travail interminable, le feu de l'épisiotomie, tout ce qui avait fait de ce jour la pire épreuve de leur existence. Mais leurs histoires s'achevaient toujours de la même manière : une fois qu'elles avaient pris le bébé dans leurs bras, tout s'était soudain éclairci, l'amour était tombé sur elles, rien ne pouvait être plus fort. Toutes étaient d'accord sur un point : la maternité, c'était vraiment un cadeau de la vie.

Je les écoutais sans rien dire, extérieure à elles, étrangère à tout cela. J'aurais voulu leur demander, « Et comment on fait si on n'aime pas son bébé ? Comment on fait si tout s'écroule ? » – mais la question arrivait à peine à se formuler dans mon esprit ; les mots me manquaient.

Je me disais, j'ai encore le temps. Six semaines, un mois, c'est encore long, je vais m'y faire.

Mais les jours s'envolaient, le compte à rebours défilait.

Octobre. Neuvième mois.

Et malgré tous mes efforts, mes velléités de perfection, mon intuition me disait que mes digues ne suffiraient plus.

Si j'avais pu, j'aurais gardé ce bébé dans mon ventre indéfiniment. Car la naissance me terrifiait ; non pas tant l'accouchement et ses douleurs, que la rencontre prochaine avec cette inconnue, ce bout de moi-même que j'allais devoir protéger tout le reste de ma vie. Jusqu'à présent, je n'avais fait aucun faux pas, mais cela avait été facile : ma seule enveloppe corporelle avait suffi au bébé. Qu'en serait-il une fois qu'elle se heurterait au monde ? Une fois que ses premiers cris résonneraient dans la maison ?

Tout s'effritait autour de moi, ce cocon si parfait dont je percevais à présent les premières écaillures. L'appartement me paraissait trop froid, trop étriqué ; je voulais quitter la ville, que nous trouvions une grande maison ouverte sur un jardin, comme celle de

Saint-Valery. Même Antoine m'était insupportable, son calme rassurant derrière lequel je ne voyais plus qu'un insupportable flegme. Comment pouvait-il comprendre, lui qui avait déjà réussi l'éducation de ses deux premières filles, lui qui n'avait plus rien à prouver ? Parfois j'explosais, à la moindre étincelle m'en prenais à lui, cible idéale – « ce bébé tu t'en fous », mots faciles, crachés comme sans y penser, « égoïste comme tous les autres », mots hurlés, acides dans ma bouche, « tout ce que j'ai sacrifié pour toi, allez va-t'en » –, et Antoine me regardait, placide, imperturbable, comme si j'avais donné des coups à une armure. Je hurlais, mon visage à deux centimètres du sien ; je m'agrippais à ses bras pour le secouer. J'aurais voulu qu'il me frappe pour m'arrêter, que l'on se batte lui et moi, que les coups s'entrechoquent dans mon ventre. Mais Antoine me laissait seule avec ma colère. Il se contentait de retenir mes mains, de m'envelopper dans ses bras où je continuais de me débattre. « Pense au bébé, Sylvia, je t'en prie, pense au bébé. » Alors, au bout d'une heure, je finissais par m'écrouler. Allongée sur le lit, mon mouchoir roulé en boule dans la main, je hoquetais, larmoyante et énorme, à l'image de ma mère les jours de drame. J'aurais voulu qu'on me console, qu'on s'occupe de moi comme une enfant, qu'on me décharge du poids que je portais. « Pense au bébé, Sylvia. » Je me répétais ces mots, et à la hargne se mêlait la culpabilité d'avoir déjà tout gâché. Je me demandais ce que Colombe avait perçu de ma crise de nerfs, si je lui avais fait peur, si elle me détestait déjà. Le liquide amniotique était-il suffisamment hermétique pour la préserver de mes secousses ? Pour assourdir mes cris ?

Tapie en moi, elle bougeait à peine, comme prostrée. La barrière de mon ventre la réduisait encore au silence.

Mais au fond, je le savais : un jour ou l'autre, ces accès de rage, je les paierais.

VII

— Calmez-vous, madame ! Calmez-vous !

Tétanie. Dos en nage, cheveux trempés. Je viens de traverser en hurlant le couloir jusqu'à la salle de naissance. Depuis une dizaine d'heures, un serpent constricteur s'enroule autour de mon ventre, s'amuse à l'étrangler puis à se dénouer. Mais à présent, il s'est tellement crispé que la crampe ne me laisse plus aucun répit.

Derrière mon dos, l'anesthésiste s'agace. Une petite nature de plus, doit-il penser. Une sage-femme me tient fermement les bras ; je ne vois de son visage que ses yeux myosotis au-dessus du masque stérile. J'essaye de m'accrocher à ce regard, de tenir bon quelques secondes, le temps que l'aiguille de la péridurale se fonde dans ma peau.

— Pensez au bébé. Vous allez bientôt le tenir dans vos bras, me dit-elle d'une voix confiante.

Comment lui dire que c'est cette rencontre, justement, qui me fait trembler ?

Quelques minutes plus tard, je suis étendue sur le lit, le bas du corps engourdi. Le calme est revenu ; le serpent s'est endormi.

— Tu vois, me murmure Antoine, tout se passe bien.

Il se blottit sous son manteau et finit par s'assoupir. La nuit s'écoule lentement, rythmée par les cognements du doppler. Je ne sens rien, mais doucement, en silence, Colombe est en train de naître. À l'aube, elle sera là. Je suis terrifiée. Je me dis que ça doit un peu ressembler à ça, ce moment qui précède la mort, cette attente face à un corps qui fait ce qu'il a à faire, et sur lequel on n'a plus d'emprise. Alors, dans ce moment plein d'étrangeté, irréel presque, je prends mon téléphone sur la table de chevet et j'écris à ma mère :

« Nous sommes à la maternité. J'espère que tu me pardonneras un jour et que tu rencontreras ta petite-fille. Je t'embrasse. Sylvia. »

Cinq heures du matin. Je suis assoupie quand la sage-femme revient, cette fois visage à découvert. Elle doit être à peine plus âgée que moi, une fillette presque, cinquante kilos tout au plus, et pourtant ses yeux me fixent avec une autorité sereine.

— Le col est déjà à dix. C'est le moment.

J'arrive à peine à y croire. C'est comme cela que ça se passe, une naissance ? Je m'imaginais des cris comme dans les films, front en sueur, respiration saccadée, l'urgence et le chaos. Je ne sais pas ce qu'il faut faire. La sage-femme guette sur le monitoring ces contractions que je ne sens plus.

— Allez, poussez !

Je fais ce qu'on me demande. Inspirer, bloquer, pousser. C'est ce que j'ai appris aux cours de préparation. En bonne élève, je m'exécute.

Longtemps, plus tard, je regretterai de m'être si facilement débarrassée de la douleur, de ne pas l'avoir affrontée jusqu'au bout. Ce n'est pas pour rien que la vie s'arrache avec tant de peine. Peut-être que ce n'est que par cette rage expulsée, cette violence sortie des tripes, que l'amour peut ensuite prendre place.

Inspirer, bloquer, pousser.

— C'est bien, me dit Antoine comme pour dire quelque chose, c'est très bien.

Je rassemble toutes mes forces comme si j'arrivais à la ligne d'arrivée d'un marathon. Mais mon énergie tourne à vide. Je ne sens pas mes muscles se dilater, mon ventre s'ouvrir et se vider. Je ne perçois que l'odeur métallique du sang, le chuintement des muqueuses que l'on fouille. Ce corps n'est pas le mien.

— Stop ! Arrêtez !

Le temps se suspend. L'espace d'une seconde, je crois à un problème, cordon enroulé autour du cou, asphyxie, souffrance fœtale. À peine ai-je le temps de comprendre que je sens un poids sur mon ventre. Mes mains tâtonnent. Et c'est là que je la sens, avant même de la voir.

Des années plus tard, dans cette salle d'hôpital où j'attends de ses nouvelles, quand je me souviens de sa naissance – avant même son premier cri, son premier regard ou sa première tétée – c'est cela d'abord qui me revient : sous mes mains, la conscience de ce petit corps pulsatile, minuscule mais lourd déjà, puissamment *vivant*, dont les bras et les jambes s'agitent dans tous les sens pour ramper sur mon ventre, comme pour venir jusqu'à moi.

Colombe est née. Et pour la première fois, je tiens dans mes mains sa force qui bat.

Treize heures

— Dire qu'il y a vingt ans, jour pour jour, on était à la maternité…

Chaque année, au moment de trinquer, le discours d'Antoine commence par la même histoire : celle d'un bébé de trois kilos quatre cents aux poings serrés et au visage sérieux, si tonique déjà que le pédiatre avait dit en l'examinant : « Ce sera un phénomène. »

—Tu vois, ça promettait déjà !

Colombe, adossée au mur, mains derrière le dos, esquisse un sourire en coin. Elle, un phénomène ? Avec cet air de somnambule, paupières encore gonflées de sommeil, cheveux ébouriffés comme les plumes d'un oiseau, elle paraît presque inoffensive. On la dirait tout juste sortie du lit. C'est à peine d'ailleurs si elle a dit trois mots depuis son réveil, comme si tout ce qui s'organisait dans cette maison n'avait rien à voir avec elle.

Mais sous cette carapace frappe un cœur que personne ici ne connaît mieux que Sylvia.

Colombe n'a pas changé. Elle l'a retrouvée dès l'instant où elle est apparue tout à l'heure devant les invités, avec ce sweat noir mis à la va-vite, ces grosses rangers aux pieds, et cette odeur de cigarette qui imprégnait déjà ses cheveux. « Tu t'habilles comme ça ? » lui a-t-elle demandé ; et ses yeux vert et bronze se sont levés, l'air de dire : « Et puis quoi ? » Sylvia n'a pas insisté, à quoi bon d'ailleurs ? Elle la connaît : le moindre reproche pourrait suffire à la faire exploser. Comme souvent, elle a laissé couler. Et maintenant, elle la regarde, faisant de son mieux pour taire en elle l'espèce de gêne qui l'habite – cette petite voix qui la préférerait mieux apprêtée, plus féminine, plus *présentable* devant les invités.

À côté de Colombe, Adèle et Rose rayonnent. Elles portent des robes élégantes, des bijoux discrets, des escarpins qui galbent leur silhouette. Elles ont bien réussi : Adèle est architecte d'intérieur, Rose chercheuse en pharmacologie ; leurs vies sont remplies, elles ne s'arrêtent jamais, et pourtant elles ont tout de même trouvé le temps hier de préparer des pancakes et des scones aux raisins qu'elles ont apportés de chez elles. Bien qu'elles soient venues ici plus par devoir que par envie (surtout Rose), elles font en toute circonstance preuve de bon goût et d'attentions délicates. Si Sylvia s'écoutait, elle dirait à Colombe : *Regarde-les, tu pourrais faire un effort tout de même* – comme du temps où elle était petite et où elle la comparait sans cesse à ses sœurs. Elle les regardait comme une petite fille devant une vitrine de poupées, inaccessibles possessions, pleine de dépit pour celle dont elle devait se contenter. Comment Colombe aurait-elle pu se construire autrement qu'en se révoltant contre elle, qu'en refusant la naïve obédience de sa mère à cet idéal féminin ? Sylvia a fini par l'admettre : sa nonchalance, ses mauvaises manières, son style négligé, tout cela n'est qu'un pied de nez à la mère qu'elle a toujours été. Et des heures de préparation pour rendre sa fête d'anniversaire absolument parfaite n'y changeront rien : Colombe ne lui doit rien.

— Allez, à tes vingt ans, ma Coco ! lance Antoine en levant sa coupe de crémant.

Autour d'elle, une flopée de verres se dressent à leur tour, faisant trembler leur couleur d'or dans le soleil d'octobre.

Sur la table, le buffet est dressé. On se croirait à Thanksgiving, quelque part dans le New Hampshire, à la fin de l'été indien. Tous les invités sont là. Voilà bien longtemps que la famille n'avait pas été réunie. La dernière fois qu'ils étaient au grand complet, c'était au mariage d'Adèle, il y a cinq ans. Colombe était encore ado – Sylvia s'en souvient encore, pour réveiller l'assemblée amorphe, elle avait fait une démonstration de kata à trois heures du matin en plein milieu de la piste de danse, moment de grâce, tous les regards tournés vers elle, même Rose et Adèle en avaient eu le souffle coupé, au point qu'elle s'était dit : voilà, c'est ça notre famille. Mais maintenant, chacun fait sa vie aux quatre coins du pays, et cela devient la croix et la bannière pour accommoder les agendas de tout le monde. Pour organiser cette journée, il a fallu que Sylvia s'y prenne six mois à l'avance, montre patte blanche à ses belles-filles, et surtout convainque la principale intéressée de remonter quelques jours pour les vacances, elle qui avait prévu de fêter son anniversaire à Barcelone avec ses potes. Cette journée, elle l'a obtenue d'arrache-pied.

Et voilà. À présent, elle regarde tout autour d'elle leur clan de nouveau rassemblé : Rose et son père pris dans une conversation probablement scientifique ; Jacob qui fait le pitre devant sa nièce ; Donna assise près de la porte, enveloppée sous son manteau, mais qui s'est décrispée au moment où Caro est venue lui tenir compagnie. « Délicieux », dit Joshua en passant ; « Trop bon, maman », lance Jacob en engloutissant une gaufre. Comme d'habitude, Sylvia ne touche presque à rien, comme si d'avoir cuisiné toute la matinée l'avait écœurée. Elle passe entre les invités, affable, prévenante, « Vous avez fait bonne route ? », « Comment va Isabelle ? », « Je te ressers un peu de crémant ? » Elle discute çà et là, prend des nouvelles, Caro lui montre les photos de ses petits-fils, Joshua déroule les derniers potins de la fac de Metz. Elle sourit, fait bonne figure. Mais du coin de l'œil, elle ne peut s'empêcher de garder Colombe en vue. « Tu ne trouves pas qu'elle est pâlotte ? » lui a glissé Donna tout à l'heure. D'un revers de main, elle a aussitôt balayé ses craintes. Hors de question que les angoisses de sa mère viennent gâcher la journée.

Malgré tout, il faut le reconnaître : elle s'attendait de la part de sa fille à un peu plus d'enthousiasme. Oh, ce n'est pas qu'elle soit désagréable, loin de là : elle a embrassé tout le monde, a accueilli chaque invité avec un sourire qui semblait sincère. Plusieurs fois, entre deux plateaux à servir, Sylvia l'a aperçue discutant avec ses sœurs, tenant Charlotte dans ses bras, ou se prenant en photo entre son parrain et sa marraine. Mais quelque chose en elle semble éteint. Elle a à peine touché au buffet. Et la voilà maintenant à l'écart de tous, assise sur un coin de table pour pianoter sur son téléphone. Se peut-il qu'elle s'ennuie ici avec eux ? Serait-elle en train de bouder, de regretter Barcelone et ses potes de Montpellier ? Depuis son réveil, Sylvia n'arrive pas à la cerner ; c'est comme si tous ses efforts pour la satisfaire lui passaient complètement au-dessus.

Elle profite d'un moment de répit pour se faufiler jusqu'à elle. Elle aimerait lui demander comment elle va, elle est rentrée si tard hier soir, jamais le temps de discuter, ça passe toujours trop vite. Elle aimerait voir Colombe s'animer, la prendre par le bras comme à l'époque de Montpellier, quand elle l'emmenait boire un verre et se moquait gentiment d'elle. Peu importe, pourvu qu'elle ait son attention quelques instants.

— Alors, tu es contente, ma puce ? lance-t-elle – mais à peine Colombe a-t-elle levé la tête que deux mains énormes viennent se poser sur ses paupières.

Derrière elle, un grand gaillard d'un mètre quatre-vingt-dix, carrure de rugbyman, gueule de marin, vient souffler dans sa nuque : « Surprise ! » Elle se retourne, visage interloqué l'espace d'une demi-seconde, puis bondit dans ses bras et dans ceux de la jeune fille qui l'accompagne, petite pomme à la peau caramel et aux cheveux vaporeux comme du mohair.

— Désolé, madame, on arrive un peu en retard, dit le garçon. Tenez, j'ai apporté une bouteille de chez nous.

Même pas le temps de répondre que Colombe les entraîne déjà loin – et voilà Sylvia rassurée : tout va bien, sa fille ne boude plus. Le garçon, c'est Eliot, la fille, Alba ; sans doute ses plus vieux potes, copains de quartier, inséparables à l'école, « le trio » comme on les appelait, toujours prêts à délirer et à faire les quatre cents coups. Sylvia les revoit encore à quinze ou seize ans monter les escaliers en file indienne, tout de noir vêtus, et s'enfermer dans la chambre de Colombe pour écouter les Doors dans une odeur plus que douteuse d'encens et de papier d'Arménie. Elle était convaincue qu'il se passait quelque chose entre Eliot et elle ; parfois elle essayait d'en savoir plus, de la titiller un peu, mais Coco se braquait, et ses yeux cuivrés devenaient aussi perçants que ceux de Princesse Mononoké sur le poster de sa chambre. Et puis, après le bac, chacun a suivi sa voie, fac de psycho à Strasbourg pour Alba, pour Eliot BTS au lycée agricole de Rouffach. Cela faisait près de trois ans qu'ils ne s'étaient pas revus. Alors, quand Sylvia a recroisé Eliot par hasard le mois dernier, revenant des vendanges avec son père, elle lui a proposé de passer aujourd'hui, ça ferait tellement plaisir à Colombe ; sans hésiter il a promis de venir, peut-être même avec Alba avec qui il avait gardé le contact. Et les voilà maintenant réunis tous les trois, excités comme des gosses, « Et toi, Coco, bientôt au FBI ? », éclats de rire et coups d'épaule, complicité gouailleuse, exactement la même que lorsqu'ils étaient gamins.

Et Colombe lui échappe à nouveau.

Instinctivement, Sylvia se retourne vers ses belles-filles. Elles sont là, debout sous l'auvent, coupe de crémant dans la main. De quoi parlent-elles ? Elle aimerait se mêler à leurs conversations, discuter avec elles de décoration intérieure, de mode ou de recettes à tester. Des conversations qu'une mère pourrait avoir avec ses filles. Mais leurs voix ressemblent à des chuchotements, pareils à ceux qu'elles s'échangeaient quand elles étaient enfants en la scrutant sous leurs franges brunes.

— Vous reprendrez un peu de tarte ?

— Non, merci, dit Adèle avec un sourire poli.

L'espace d'un instant, elle déchiffre dans leur regard cette même condescendance discrète qui lui rappelle combien elle reste encore loin de leur perfection.

Elle s'affaire, commence à rassembler les restes, à empiler les assiettes vides. De nouveau, cette impression qu'elle va chanceler. Sous ses pieds, les grandes dalles en grès semblent se dérober. Elle ferme les yeux. Les rouvre dans la seconde. Là, juste sous elle, une nouvelle fissure se dévoile. Est-ce qu'elle rêve ? Ça n'a aucun sens ; on a refait la terrasse l'an dernier. Elle repense soudain à Auboué, à ces pavillons démantelés par les affaissements miniers, Donna guettant sur les murs la moindre fêlure. Mais on est loin d'Auboué maintenant ; il n'y a jamais eu de mine par ici, que des vignes à perte de vue. Elle relève la tête, sur le point d'aller chercher Antoine pour lui montrer, mais voici qu'il se glisse déjà derrière elle, les mains autour de la taille. Son haleine est chaude dans sa nuque, sa voix légèrement rocailleuse.

— Tu vois que tout se passe bien !

Bien sûr que oui ça va bien, tout le monde est là, le temps est inespéré, le buffet déjà à moitié parti.

Pourquoi lui confierait-elle cette espèce de brouillard qui l'englue depuis ce matin, et puis cette déception informulée, l'impression que rien de cela ne *suffit* ? Y comprendrait-il seulement quelque chose, lui sur qui le réel semble toujours glisser ? Elle se contente de lui sourire, prend la coupe qu'il lui tend. Et d'un pas encore un peu vacillant, le suit jusqu'au bout du jardin où les attendent Caro, Joshua et leurs conjoints.

Assis sur le petit banc en pierre, sous les branches du marronnier, ils terminent leur verre en regardant le paysage. Devant eux s'étalent les vignes rousses, leurs striures dorées. « C'est vraiment une belle journée », répètent-ils. Sylvia les écoute évoquer leurs souvenirs, leur vieille amitié, toutes ces années mon Dieu ça ne nous rajeunit pas, et ce sentiment malgré tout d'être encore jeunes, pleins d'énergie, prêts à tout revivre. Elle aimerait être insouciante comme eux, laisser l'alcool l'étourdir. Qu'est-ce qui la retient, l'empêche d'être pleinement dans le présent ? Au loin, à l'autre bout du jardin, elle regarde Colombe prendre Alba par le cou et lover sa tête dans son épaule, sous le nuage aérien de ses cheveux. Et si Sylvia s'était trompée ? Si pendant toutes ces années, ce n'était pas d'Eliot que sa fille était amoureuse ? Après tout, que sait-elle vraiment d'elle ?

Soudain Jacob trotte jusqu'à eux, joues incarnates, ballon ovale calé sous le coude. Il s'est mis en tête d'initier la petite Charlotte au rugby.

— Ça vous dit ?

Caro et Sylvia déclinent poliment, mais les hommes se lèvent dans un mouvement qui semble rouillé, légèrement surjoué, on va leur montrer ce que les papys ont encore dans le ventre. Rapidement, Eliot les rejoint, suivi d'Alba et de Colombe. Et bientôt, sur cette pelouse parsemée de taches ocre, dans la fraîcheur d'octobre, s'improvise un match pétulant où chacun rivalise de pitreries pour imiter le Quinze de France devant une petite fille de quatre ans et demi.

Un vent frais balaye le jardin ; le ciel se couvre, prend des tons de métal. Donna, assise sur la même chaise depuis midi, frissonne un peu plus sous son manteau. Sylvia la rejoint, et pendant un moment elles restent là, silencieuses, à regarder les autres se courir après en poussant de grands cris comme des enfants qui jouent.

— Je te l'avais dit, Colombe est en pleine forme !

— Ah oui ?

Elle entend à peine son soupir. Peu importe son insatisfaction ; peu importe que Rose ne lui ait presque pas adressé la parole depuis son arrivée et qu'Adèle ne l'ait fait que par hypocrisie. Assise devant son jardin, pour la première fois de la journée, elle savoure la beauté de ce moment. Qu'elle se rassure : Colombe est heureuse. Elle vient d'attraper le ballon et détale jusqu'au bout du jardin, la petite Charlotte aux trousses. Elle la regarde courir comme si elle dansait, esquiver les attaques, s'arrêter pour mieux bondir, filer sans presque toucher terre. Et à cette image se superpose celle d'elle enfant, petite fille ébouriffée, vêtements démis, collants filés, *Allez viens, maman, faire la bagarre*. Et puis la voilà à vingt ans, grande enfant que rien n'essouffle, incapable de tenir en place, le corps secoué comme s'il lui fallait sans cesse se heurter à la vie, l'éprouver dans ce qu'elle a de plus brûlant. Vivante sa Colombe, cœur battant à tout rompre, souffle saccadé prêt à happer la moindre bouffée d'oxygène, muscles tendus – dans cette contraction permanente qui ressemble à une révolte.

— Doucement, doucement ! lance Adèle – mais l'avertissement semble plus adressé à Colombe qu'à sa propre fille, comme si elle redoutait la brusquerie de sa demi-sœur, son influence tapageuse.

Bien sûr, aucune des deux n'écoute, et la course-poursuite continue. Leurs rires se confondent, fusent au-dessus du brouhaha. Derrière elle, Sylvia perçoit l'inquiétude d'Adèle. Elle la connaît bien. C'est cette même anxiété, cette tension à l'idée de perdre le contrôle qu'elle ressentait constamment à l'époque où Colombe avait l'âge de sa nièce. Oh, Adèle s'en sort bien mieux qu'elle : elle est d'une patience à toute épreuve, mène tout de front sans jamais perdre pied, sait se montrer ferme tout en restant à l'écoute. Une mère exemplaire, comme Isabelle l'a été pour Rose et elle. Il y a vingt ans, Sylvia se serait sans doute sentie honteuse face à elle ; aujourd'hui, elle n'est plus tout à fait dupe. Elle le sait maintenant : il y a forcément un revers à une telle maîtrise de soi. Si seulement, se dit-elle parfois, si seulement elle avait su lâcher prise à l'époque, renoncer à cet idéal. Peut-être qu'elle aurait alors mieux compris sa fille, et qu'aujourd'hui elles seraient plus complices.

— Attrapée !

Colombe a-t-elle ralenti exprès ? S'est-elle laissée prendre ? Charlotte s'accroche à sa jambe, et soudain tout son corps se désarticule. La petite en profite pour s'affaler sur elle, lui serre le cou jusqu'à l'étrangler, « Attrapée ! Attrapée ! », se laisse tomber à son tour dans la pelouse humide. Pendant quelques secondes, Colombe fait la morte, son corps comme une grande ligne sombre au milieu des feuilles ocre.

— Tout va bien ? dit Sylvia en se levant – cœur qui se vrille, ventre qui se tord en un réflexe qui lui semble immémorial.

Lentement, Colombe se ranime, son corps se redresse avec celui de Charlotte, leurs vêtements sont sales, leurs têtes échevelées, elles rient comme si elles avaient le même âge – et le souffle de Sylvia se débloque à nouveau, elle peut respirer.

— Bon allez, ça suffit maintenant.

Visiblement agacée par toutes ces pitreries, Adèle soupire, pose sa coupe et les rejoint. La petite boude, pleure, veut encore jouer. Elle s'accroupit à sa hauteur, lui murmure quelque chose, une formule magique peut-être bien, car presque aussitôt Charlotte retrouve son calme et suit sa mère jusqu'à l'intérieur pour aller se nettoyer.

— Eh bien, je crois qu'elle a de qui tenir notre petite Charlotte, lance Sylvia. Il va falloir l'inscrire en club.

Mais quand elle se retourne, Colombe passe derrière elle en se tenant la tête, visage fermé.

— Ça va ? Tu ne t'es pas fait trop mal ?

Pas de réponse – Colombe file et disparaît derrière la baie vitrée.

Donna lance à Sylvia un regard entendu, *Tu vois que j'avais raison*, et avant même qu'elle ait le temps de réagir, courir après sa fille pour s'assurer qu'elle n'a besoin de rien – une compresse, un Doliprane, un baiser sur le front –, une bourrasque la surprend. Elle lève les yeux : en quelques minutes, le ciel s'est complètement obscurci, comme si l'automne avait fait irruption sans prévenir.

— Bon, moi je rentre, dit Donna d'un air presque satisfait.

Rose la suit. Les hommes s'attardent encore dans le jardin, prolongent leur partie comme des gamins butés, oh ce n'est pas une petite pluie qui va nous arrêter, fanfaronnent-ils – mais l'averse qui s'abat brusquement a raison d'eux.

Branle-bas de combat, tout le monde met la main à la pâte, plats débarrassés, assiettes empilées, Eliot et Jacob qui font les gros bras et déménagent les tables à l'intérieur. En dix minutes, tout est plié, lave-vaisselle rempli, évier plein à craquer, plan de travail en vrac. La cuisine est devenue un vrai capharnaüm – alors que dehors soudain la terrasse est nue et le jardin détrempé, tristes comme si rien n'avait jamais eu lieu.

On s'installe dans le salon. Mamie Blue ne serait pas contre un petit café ; Antoine, comme d'habitude au moindre rafraîchissement, propose de faire un feu. Moment d'apathie, retour au calme après le chahut. Charlotte s'est lovée contre Adèle qui lui lit une histoire ; Rose, à l'écart, consulte ses messages sur son portable. Quant aux jeunes, ils se sont tous volatilisés. Mais aux grincements du parquet au-dessus de sa tête, Sylvia devine qu'ils sont là-haut, dans la chambre de Colombe, avachis comme à l'époque de leur adolescence. Elle se retient de monter, demander si tout va bien. À quoi bon ? Le moment est mal choisi pour aller quémander auprès de sa fille un signe d'attention.

Retour dans la cuisine. Vaisselle, tintement de couverts, odeur d'évier.

— Tu as besoin de renfort ? demande Caro en passant sa tête dans l'encadrement de la porte.

— Oh merci, je me débrouille, il ne reste plus grand-chose.

Besoin de faire le vide, repasser en elle-même le déroulement de la journée tout en lavant les assiettes, faire le tri entre ce qui a bien marché et ce qu'il faudra améliorer l'an prochain. Elle repense à toutes ces heures de préparation, son réveil aux aurores, son entêtement et ses calculs, toute la pression qu'elle s'est infligée pour rendre cette journée parfaite. *Tout ça pour ça.* Comme d'habitude, ce sentiment d'inachevé, l'impression ne pas avoir été à la hauteur. Donna n'a qu'une hâte, rentrer à l'hôtel avant qu'il ne fasse nuit ; les filles d'Antoine s'ennuient ostensiblement. Quant à Colombe, qu'est-ce qui peut bien clocher chez elle aujourd'hui ? Pourquoi ne fait-elle que l'éviter depuis son réveil ? Encore un peu et elle la soupçonnerait presque de le faire exprès, comme si ça lui faisait plaisir de voir sa mère s'épuiser pour rien. « Enfant gâtée », pense-t-elle en soupirant, « jamais contente ». Et tout en fermant la porte du lave-vaisselle, elle se jure qu'on ne l'y reprendra plus, que c'est la dernière fois qu'elle se décarcasse, que l'an prochain ce sera sans elle.

Ses yeux se plissent. Sur la crédence en béton ciré, la fissure de ce matin est toujours là. Comme un serpent qui court. Un peu plus longue et sinueuse.

Elle ferme les yeux, se raccroche aux rebords du plan de travail pour ne pas chanceler.

Mais les voix d'Antoine et de Caro qui rient aux éclats comme à l'époque de la baie de Somme résonnent depuis le salon, et lui rappellent que, jusqu'à preuve du contraire, il y a encore de la joie dans cette famille. Elle essuie ses mains, jette un dernier regard derrière elle. Tout semble en ordre : la cuisine est débarrassée, le lave-vaisselle ronronne paisiblement. Plus de trace de fêlure – son esprit a-t-il fabulé ? Bientôt, il sera seize heures : le moment tant attendu du gâteau et des cadeaux à déballer. Non, la fête n'est pas finie. Le meilleur reste encore à venir. Elle respire un grand coup, allez on y va, pas le temps de tergiverser. Elle se redresse. Réajuste son costume de maîtresse de maison, Clarissa Dalloway au milieu de ses invités, mère de famille accomplie – mais sur le pas de la porte, il lui faut un effort quasi physique, un broiement, une compression, pour oublier que par sa faute, il y a seize ans, l'ombre a failli entrer dans la maison.

VIII

Dans le berceau, un bébé s'agite, rougeaud, pantelant. Ses mains ouvertes lacèrent le vide, comme à la recherche d'une prise à laquelle s'accrocher.

— Vous ne la prenez pas ? me dit la sage-femme.

Elle me parle de peau à peau, d'ocytocine et de montée de lait, de l'importance de tenir le bébé contre soi pour favoriser le lien mère-enfant.

Alors, pour faire comme il faut, je prends le bébé.

Comme quand je l'ai touché la première fois, je m'étonne de ce corps minuscule mais déjà incroyablement nerveux, secoué de vie, comme si je tenais dans ma main un organe encore pulsant. J'avais toujours cru que notre rencontre serait instinctive, facile, que nous nous connecterions l'une à l'autre sans même y penser. Mais il n'en est rien. Avoir donné la vie n'a pas miraculeusement fait de moi une mère. Je ne sais pas comment m'y prendre ; le bébé non plus. Et pendant de longues secondes, nous restons là, maladroites, à nous chercher sans y parvenir. La sage-femme veut m'aider ; elle prend la tête du bébé dans sa main, essaye de la plaquer contre mon sein.

— Allez, petite puce, vas-y, prends...

Le bébé tire la langue, griffe çà et là, tète dans le vide, comme une petite créature aveugle. Je regarde, interdite, son visage bouffi, sa bouche fendue qui s'ouvre et se ferme dans un bruit de succion, ses doigts quasi transparents comme ceux des rongeurs qui viennent de naître.

La voilà. Colombe a maintenant une peau, des contours, une odeur. Je croyais déjà la connaître ; mais elle reste pour moi toujours aussi inconnue. Et j'ignore encore ce que cet être fragile m'inspire le plus – un besoin irréfrénable de la protéger, ou un étrange effroi.

Des premières heures de la vie de Colombe, je me rappelle ce sentiment inquiétant, cette impression flottante d'être passée de *l'autre côté*.

Moi aussi, ce matin-là, je venais de naître.

Quelques heures à peine après son brusque dégonflement, mon corps était en lambeaux. Les jambes encore flageolantes, je m'étais rendue aux toilettes pour découvrir l'étendue des dégâts. Sous l'arrangement compliqué de serviettes encore sanguinolentes, du bout des doigts, j'avais palpé la chair boursouflée. L'anesthésie avait pris fin ; je découvrais à présent ce qu'à mon insu mon corps avait traversé, ou plutôt *ce qui l'avait traversé*, et avait fait de ma vulve une plaie à vif. Mon ventre, dont j'avais autrefois adoré la rotondité, n'était plus qu'une étendue de peau informe, où se dessinaient déjà d'imperceptibles striures pourpres. Et je m'étonnais de cette métamorphose soudaine, elle qui, dans l'autre sens, avait mis tant de temps à se déclarer. Il m'avait fallu des mois pour me sentir enceinte, habitée, remplie ; et voilà qu'en quelques heures tout s'était vidé. Mais au lieu de retrouver mon état d'alors, c'est à une autre moi-même que je faisais face. Dans le petit miroir de la salle d'eau, je découvrais dans mon reflet une fatigue dont je soupçonnais qu'elle me collerait à la peau de façon irréversible. Une fatigue visqueuse, coriace, de celles dont on ne récupère jamais. Une fatigue de mère.

En sortant, j'avais retrouvé Antoine assoupi sur le fauteuil. Le jour perçait derrière les stores de la chambre. J'aurais voulu dormir comme lui, que mon esprit devienne aussi lâche et pâteux que l'était mon corps. Mais j'étais incapable de trouver le repos. Une tension irrépressible tenait mes nerfs en alerte. Je fixais la petite chose endormie elle aussi dans son berceau. Je l'observais, à la recherche de ce qui aurait pu en elle me paraître familier, rassurant. Mais elle ne ressemblait à rien de ce que j'avais imaginé. Son visage semblait séculaire, peau plissée, paupières gonflées, figure de vieillarde sans lèvres ni cheveux. Elle n'avait ni les joues de poupée russe des femmes de ma famille, ni l'ovale un peu lunaire du visage d'Antoine. Je me souvenais des photos d'Adèle et de Rose juste après leur naissance, petits boutons de fleurs aux yeux de nacre et aux bouches à peine ourlées. Colombe n'avait rien de cela. Comme si elle s'était engendrée elle-même.

Qu'allais-je faire d'elle maintenant qu'elle était là ? Fallait-il que je lui parle, que je l'embrasse, que j'essaye déjà de la stimuler ? Fort heureusement, elle dormit toute la journée, comme si la péridurale avait prolongé ses effets jusqu'à elle et l'avait assommée. Je n'en revenais pas de la voir si calme. Je restais là, immobile, à guetter le moindre soubresaut, le moindre miaulement annonciateur de son réveil. Je me disais, pourvu qu'elle dorme encore longtemps ; pourvu qu'il tarde, ce moment où elle reprendrait conscience et où elle aurait besoin de moi.

En attendant, je découvrais sur mon téléphone la pluie de messages qui chantaient mon bonheur nouveau, ma gloire de jeune maman comblée : « Quelle joie, nous sommes tellement heureux pour vous », « Bravo, Sylvia, tu as fait du bon boulot ». Même ma mère m'écrivit : « Félicitations et bienvenue à Colombe, j'ai hâte de rencontrer ma petite-fille, à bientôt. » Je répondais soigneusement : « Merci, la naissance s'est passée à merveille. Colombe est un ange. Tout va bien. »

Tout va bien. C'est ce que je disais aussi aux soignantes qui les unes après les autres défilaient dans ma chambre, sages-femmes, puéricultrices, bonnes fées garantes de mon bien-être et de celui du bébé. « Pas un point de suture, vous êtes une championne » ; « Qu'elle est sage dis donc » disaient-elles en se penchant au-dessus de nos lits. Je souriais, oui oui c'est merveilleux. Comment ne pas se sentir en sécurité au milieu de leur sororité réconfortante ? Elles venaient, me mettaient le bébé au sein, pressaient le mamelon suintant ; et malgré la douleur qui m'irradiait, sous leurs mains expertes je me laissais faire, serrais les dents, ne disais rien. Colombe tétait à peine, groggy, puis se rendormait en laissant mollement tomber sa tête. « Allez, petite puce, prends encore. » Elles lui chatouillaient le dos, découvraient ses petites jambes de grenouille, pour la réveiller un peu. « Gardez-la contre vous, c'est important », me recommandaient-elles avant de partir. Je souriais encore. Mais sitôt seule à nouveau, je remettais Colombe dans son berceau et j'attendais.

« Tout va bien. »

Antoine prenait des photos et des cafés. Il envoyait des messages, appelait ses potes, et je l'entendais rire aux éclats, « Qu'est-ce que je vais devenir maintenant avec toutes ces femmes autour de moi ? ». Il se penchait sur Colombe, la regardait de ses yeux de père, confiant, solide. Il l'appelait « Coco ». « Coco ? Oh non, pitié, ne me dis pas que tu vas l'appeler comme ça ? » Comme toujours, il vivait tout cela avec un calme constant, comme si cette naissance avait à peine fait osciller son équilibre, que Colombe avait toujours fait partie de lui.

Le soir venu, il m'apporta des sushis qu'on mangea devant une émission de défi culinaire, puis à vingt heures, il partit.

Colombe dormait encore. J'étais épuisée ; je n'attendais qu'une chose, m'effondrer à mon tour, dormir comme elle d'un sommeil de plomb. Mais quand la porte se referma, laissant derrière lui la chambre silencieuse, je pris conscience que c'était la première fois que je me retrouvais seule avec le bébé. Et le vertige, de retour, se lova dans mon ventre vide.

Colombe avait-elle senti le départ de son père ? Avait-elle compris qu'elle ne devrait désormais plus compter que sur moi ? Quelques minutes seulement après qu'Antoine fut parti, elle commença à pousser ses premiers bêlements. Je la pris ; de nouveau, mes mains se crispèrent autour de son corps noueux. J'essayai de presser mon sein, de lui offrir pour qu'elle le gobe comme les sages-femmes me l'avaient montré. Mais mes mamelons étaient boursouflés, fendillés comme des lèvres gercées ; au moindre contact, une douleur acide s'élançait à nouveau. J'imaginais leur goût de métal et de sang, loin de la douceur lactée qu'elle réclamait. Colombe, d'emblée, sembla répugnée. Sa tête ne cessait de se secouer, comme prise de convulsions ; à peine sa bouche avait-elle happé le bout du sein qu'elle le lâchait dans une grimace révulsée. Bientôt, elle se mit à hurler. Je regardais le tremblement de son menton, la torsion de sa bouche, ses lèvres sèches de petit animal affamé. J'essayai de la reposer dans son berceau ; je me disais que je devais peut-être la laisser pleurer un peu, qu'elle finirait par se calmer, après tout je devais mal m'y prendre. Mais les hurlements redoublèrent, rauques et saccadés, si violents que par moments la respiration se suspendait et qu'elle restait là, muette, bouche ouverte, comme étranglée.

— Elle a faim. Vous l'avez souvent mise au sein aujourd'hui ? me demanda la sage-femme de garde.

— Pas vraiment non. Elle a dormi toute la journée.

— Ça a dû ralentir votre montée de lait. Il faut persévérer. Ça va venir.

— Il n'y a pas moyen de lui donner quelque chose en attendant, un petit biberon ?

— Vous voulez ruiner votre allaitement ? Allez, courage, gardez-la contre vous cette nuit, et ça ira.

La faire dormir avec moi, dans ce lit d'hôpital étroit et inconfortable où je risquais de l'étouffer ? Et puis, n'était-ce pas déjà lui donner de mauvaises habitudes, que de la garder sans arrêt accrochée à mon sein ? Ne valait-il pas mieux lui apprendre dès à présent à rester dans son lit, mettre des limites, garder nos distances ? Je me rappelais ce qu'avait dit Antoine sur son expérience avec Rose et Adèle, allaitement exclusif et *cododo* pendant des mois ; pour Adèle encore les choses s'étaient bien passées, mais Rose avait mis un an à faire ses nuits, et près de quatre à ne plus les finir systématiquement dans le lit parental – ce qui n'avait pas été sans conséquence sur le délitement de leur couple. « Quand tu mets le doigt dans l'engrenage, après, c'est foutu », me mettait-il en garde. « Moi je ne me ferai pas avoir, pensais-je alors ; moi je saurai être ferme, je tiendrai bon, je ne céderai pas. » Comme ces principes me semblaient clairs tant que j'étais enceinte ; comme elle serait forte, la mère que j'allais devenir, consciente de tous les travers, inflexible aux caprices. Et voilà qu'en vingt-quatre heures à peine un petit être de trois kilos avait réduit à néant toutes mes bonnes intentions.

Seule dans cette chambre d'hôpital, je faisais face à mon premier défi d'éducation. Elle qui avait passé la journée à dormir paisiblement dans son berceau refusait désormais d'y retourner. Son pouvoir face à moi était de taille : j'étais terrassée avant même le combat, tandis que la vie qui battait en elle était brute, neuve, d'une puissance primitive. Elle avait faim, faim de lait, de mon odeur et de ma présence ; et cela, aucune menace, aucun chantage ne pouvait encore le faire fléchir.

Il ne fallut pas longtemps pour que ses hurlements eussent raison de moi. Tant bien que mal, j'installai le coussin d'allaitement comme rempart au bord du lit et la couchai contre moi. Bras gauche relevé sous l'oreiller, main droite dégageant le sein, corps tordu, voûté, tout entier crispé pour l'empêcher de s'affaisser sur elle : c'est ainsi que je passai la nuit. Colombe s'apaisa et téta sans fin. Chaque fois que je me laissais aller au sommeil, son agitation me remettait en alerte ; la douleur m'éperonnait ; mon corps se tendait à nouveau. Et les heures passèrent les unes après les autres, dans cet équilibre précaire, que le moindre faux mouvement pouvait faire vaciller. « Comment je vais tenir ? me répétais-je, putain, comment je vais tenir ? » Je guettais l'aube, le retour des sages-femmes que je n'osais plus déranger, l'arrivée d'Antoine – quoi que ce soit qui me délierait d'elle.

Bien plus que la grossesse ou la naissance, c'est de cette nuit-là, cette toute première nuit, que je me souviens comme celle qui a inauguré mon histoire avec Colombe. Ma relation à elle serait à l'image de cette rencontre tâtonnante. Au lieu de nous fondre l'une dans l'autre, nous ne faisions que nous cogner, dans cette tension permanente entre son besoin à elle de me dévorer et mon incapacité à la satisfaire. Elle exigeait de moi que je sois à elle tout entière, quand je n'avais envie que d'une chose : m'échapper. La vérité, c'est que j'avais *peur d'elle.* Peur de l'inconnue qu'elle était. Peur du jugement qu'elle poserait sur moi, si minuscule fût-elle – comme si, contrairement à moi qui ne savais rien d'elle, elle connaissait déjà tout de moi et de mes failles.

À l'aube, Antoine m'appela. Il ne pourrait pas être là ce matin ; il y avait eu un dégât des eaux, une canalisation avait explosé, salle de bains inondée, l'eau s'était étalée jusqu'à la chambre de Colombe, tapis foutu, doudous détrempés ; il devait tout nettoyer, appeler l'assurance et le plombier, bref le bordel quoi – et il fallait que ça tombe maintenant.

— Et vous sinon, la nuit s'est bien passée ?

— Oui oui, ne t'en fais pas. *Tout va bien.*

Mais sitôt le téléphone raccroché, ce sont mes digues qui cédèrent. Pour la première fois depuis l'accouchement, je m'effondrai.

Comment allais-je tenir, aujourd'hui, demain, les mois suivants ? Comment allais-je tenir jusqu'à ce qu'elle ne trouve plus refuge en moi ?

Le ballet des sages-femmes, puéricultrices et autres médecins, recommença toute la matinée. Mais cette fois, leur regard était plus sévère. Colombe avait perdu du poids ; la montée de lait tardait ; il fallait poursuivre le contact mère-enfant, faire du peau à peau, la mettre au sein sans discontinuer. « Eh oui, madame, c'est fatigant, vous n'êtes pas la première à passer par là, vous savez. » Quant à Colombe, elle n'était plus l'ange silencieux de la veille ; ses vagissements dès que je la lâchais la firent officiellement passer au rang de petit monstre. « Oh, ce sera un phénomène celle-là, lança le pédiatre d'un air goguenard. Bon courage ! »

Je n'avais plus qu'une issue : appeler ma mère et l'implorer de venir.

Une heure plus tard, elle était là – toujours la même après huit mois, engoncée dans son manteau comme d'un seul bloc, carrée, visage austère de mère Courage marqué par les larmes. Quand elle entra dans la chambre, je me jetai dans ses bras comme une enfant qui a fait une bêtise. Je sentis, sous le tissu synthétique de son manteau, l'armure de sa poitrine – la même contre laquelle je m'étais heurtée la dernière fois. Ses bras ne se refermèrent pas sur moi. Qu'espérais-je exactement ? Qu'elle me console, me dise « Allez, c'est bon, on efface tout » ? C'est à peine si elle me regarda. La façon dont je l'avais traitée, mon accès de violence envers elle, tout cela l'avait sacrée victime et lui donnait à présent le droit de me mépriser.

Et puis, après tout, ce n'était pas pour moi qu'elle était venue.

— Comment va ma petite-fille ?

Aussitôt, elle se dirigea vers le berceau de Colombe, la prit dans ses bras énormes de matrone – et sous mes yeux, le bloc de pierre s'attendrit. Elle la couvrit de regards et de caresses, l'enveloppa de paroles dont je devinais, au milieu des chuchotements, la douce mélodie italienne. On aurait dit que le rôle de mamie avait été taillé pour elle, qu'elle l'avait attendu toute sa vie.

— Oh, c'est le portrait craché de ta grand-mère, dit-elle. Regarde ses yeux comme ils sont vifs. Et puis elle sera rousse, comme elle. Tu verras, ce sera une force de la nature.

D'emblée, je compris qu'elle avait trouvé en Colombe ce qui m'avait toujours manqué : cette robustesse qui se transmettait de génération en génération et faisait des femmes de la famille de véritables rocs. Ma fille renouait avec la puissance de ses ancêtres. Elle serait fière, solide. Résistante à toutes les épreuves.

— Elle mange bien ? me demanda ma mère tandis que je la mettais au sein et qu'elle s'agitait de nouveau.

— Je n'en sais rien. Elle a du mal à prendre, ce n'est pas facile.

— Ton lait n'est peut-être pas bon. À mon avis, tu devrais laisser tomber. Donne-lui des biberons, au moins tu sauras ce qu'elle prendra. Et ça la nourrira bien.

Dans ma volonté de bien faire, je m'étais toujours juré d'allaiter mon enfant pour *lui donner le meilleur*. Mais les paroles de ma mère m'ouvrirent tout à coup à la fin potentielle de mon calvaire. Je m'en remettais à elle. Quoi qu'il arrive, je n'avais plus la force d'argumenter.

Une fois de plus, mes résolutions s'effritèrent lamentablement. Je cédai.

Quand j'appelai la sage-femme pour lui en faire part, elle posa sur moi un regard désolé.

— Vous êtes sûre de ne pas vouloir persévérer ? C'est vraiment dommage vous savez. Pensez à votre fille, c'est ce qu'il y a de mieux pour elle.

Sa déception aurait pu me faire encore hésiter. Mais la présence de ma mère derrière moi, résolue, monolithique, m'abstenait de tout débat.

— D'accord, je vais vous donner ce qu'il faut.

Et Colombe prit son premier biberon.

Miraculeux, le biberon posait enfin une distance entre elle et moi. Grâce à lui, les choses deviendraient quantifiables, maîtrisables, régulières : le bébé avalerait son lait goulûment, puis, repu, s'endormirait d'un sommeil bienheureux ; les prises rythmeraient sa journée, toutes les trois heures puis de plus en plus espacées, jusqu'à ce que rapidement elle fasse ses nuits. Mon corps, épargné, pourrait cicatriser en paix. Reposée, relayée par Antoine, je reprendrais le contrôle. Je rattraperais ce départ raté. Enfin, je serais la mère que je m'étais promis d'être. *Une mère réussie.*

Les deux nuits suivantes, non sans regards suspects, je laissai Colombe en pouponnière pour récupérer un peu.

Puis, quand elle eut repris son poids de naissance, on rentra à la maison.

J'avais laissé derrière moi un appartement impeccable ; je retrouvai un capharnaüm. Murs écaillés, odeur de moisi, parquet jonché de serpillières, table du salon croulant sous les constats et les devis : en quelques jours, le chaos s'était invité chez nous.

Je passai la journée de mon retour à nettoyer. « Laisse, disait Antoine, tout ça, ça peut attendre. » Mais malgré la fatigue et la douleur, impossible de tenir en place : tout devait être à nouveau purgé, ordonné, aseptisé. Débarrassé de son ventre pesant, mon corps retrouvait son agilité passée – au point que j'oubliais avoir été enceinte seulement une semaine plus tôt. Parfois, c'est Colombe elle-même que j'oubliais ; et dans mon agitation, je m'étonnais de trouver sur mon chemin, à peine visible sous les couvertures du landau, un visage minuscule et qui me paraissait chaque fois toujours plus mystérieux.

Trop occupée à mettre de l'ordre, je laissais Antoine s'occuper d'elle. « Oh, j'ai fait ma part à la maternité, maintenant il faut aussi que tu t'y mettes, hein, papa ! », clamais-je, et tandis qu'il se dépatouillait avec les biberons, je courais à l'autre bout de l'appartement. Alors, à genoux sur le carrelage, les mains trempées, enfin je respirais. Au loin, derrière la porte, je percevais des pleurs aigres, crissant comme des ongles sur de l'ardoise. N'importe quelle autre mère aurait accouru, serait venue en aide au papa dépassé, aurait pris le bébé dans ses bras en chuchotant « Tout va bien, je suis là » – et comme par magie, les pleurs auraient cessé. Mais je ne pouvais rien faire d'autre que rester là. Paralysée. Doigts crispés autour de l'éponge, je continuais de frotter dans un mouvement mécanique, compulsif – presque avec rage.

« Tais-toi s'il te plaît, tais-toi », me contentais-je de murmurer.

Le soir venu, quand tout fut enfin rangé et lessivé, je retrouvai Antoine assoupi sur le canapé. À côté de lui, Colombe attendait dans son couffin en émettant d'imperceptibles bruits de succion. À mon approche, ses membres s'agitèrent davantage ; on aurait dit qu'elle se débattait contre une force invisible. « Un phénomène », me rappelai-je. Elle posa sur moi ses yeux opaques et luisants, sans regard, ses yeux que le pli du front rendait si sévères, habités d'une inquiétude secrète. Que voulait-elle me dire ? Pendant quelques minutes, je restai là, suspendue au-dessus d'elle. J'avais beau sonder en moi, rien, aucune tendresse pour elle ne s'éveillait. Et tout en la regardant, je me remémorais mes caprices de petite fille, ces poupées que je désirais avec ardeur, et qu'une fois possédées je laissais à l'abandon, poussiéreuses et hirsutes, au fond de ma chambre. « Tu es trop gâtée, disait ma mère, tu ne prends pas soin de tes affaires, comment ça sera plus tard ? » Aujourd'hui, la poupée était vivante. Organique. Rien ne pouvait me soustraire à elle. J'étais allée au bout de mon caprice ; ce dont rêvent les petites filles et les jeunes femmes, je l'avais maintenant à moi. Un mari, une maison, un bébé. J'avais été exaucée. Et pourtant, lentement, je sentais revenir en moi cette voix qui depuis la grossesse me lancinait : « Tu ne l'aimes pas. Pas assez. Tu vas tout gâcher. »

« Tais-toi. »

À tout prix museler la voix. De toutes mes forces l'étrangler.

D'une mère comblée, aimante, quoi qu'il arrive garder l'apparence.

Le week-end suivant, Adèle et Rose vinrent à la maison. Pour la première fois, elles allaient rencontrer leur petite sœur. Intérieur impeccable, gâteau au four, petite robe en laine et collants blancs pour Colombe : j'avais tout millimétré. Voilà des mois que j'attendais cela, comme une consécration, le moment où nous serions tous enfin réunis. J'aurais voulu leur montrer une image lisse et irréprochable de notre famille, qu'elles épousent notre bonheur, qu'en faisant de Colombe leur sœur elles deviennent aussi un peu mes filles. Mais dès qu'elles se penchèrent au-dessus du berceau, fixant de leurs yeux ronds cette petite créature tout aussi étrangère pour elles qu'elle l'était pour moi, Colombe se remit à brailler – et aussitôt je sentis une espèce de chaleur monter depuis mes reins, m'irradier jusque dans la nuque et crisper chaque muscle de mon corps.

— Tu as faim ? Ne t'inquiète pas, maman va t'apporter un biberon.

Mais à peine avait-elle bu vingt millilitres qu'elle se cambra et hurla de plus belle.

Adèle me regardait avec une espèce de compassion polie, tandis que Rose gardait son habituelle impassibilité. « Allez, voyons un peu comment tu te débrouilles », semblait-elle me dire. Et sous leur regard, mes faits et gestes s'empêtraient, devenaient nerveux, maladroits. Que fallait-il faire ? Pourquoi la maternité m'allait-elle aussi mal ? Depuis la naissance de Colombe, j'avais l'impression de porter un habit trop grand pour moi, bancal, mal ajusté – et dans lequel en même temps j'étouffais.

— Maman dit qu'il y a plein de cochonneries dans les laits pour bébé, lâcha Rose tout à coup.

Elle d'ordinaire mutique venait de me lancer au cœur une flèche acerbe. Sa remarque me rappelait insidieusement à quel point j'étais différente de leur mère, cette Walkyrie qui avait allaité presque trois ans sans discontinuer ; à quel point j'étais lâche, incapable de prendre sur moi pour donner le meilleur à mon bébé.

Antoine dut voir mon visage se décomposer.

— Vous savez quoi, les filles, allez jouer un peu, Sylvia et moi on va s'occuper de votre sœur.

Elles se réfugièrent dans leur chambre et ne la quittèrent presque pas du week-end. Ce que j'avais redouté arriva : la présence de Colombe leur était parfaitement égale. D'ailleurs, comment pourraient-elles avoir une quelconque affection pour cette petite chose hurlante qui venait s'immiscer entre leur père et elles ? Il fallait se rendre à l'évidence : elle n'était pas leur sœur. Jamais elle ne le serait.

Colombe cria tout le week-end.

La journée. La nuit.

Elle ne s'arrêta plus.

Cette fois, je ne pouvais plus me dérober et laisser Antoine seul. Les biberons, les changes, les berceuses n'y changèrent rien. Aucune douceur n'était désormais capable de l'apaiser. Sous nos bras, son corps se vrillait. Comme si la vie même en elle lui était douloureuse.

Le dimanche soir, les filles rentrèrent chez leur mère, soulagées de retrouver le calme et toute l'attention qu'elles méritaient. Puis, le lendemain matin, ahuri, déconfit – mais secrètement tout aussi soulagé qu'elles –, Antoine reprit le travail.

La dernière fois que je m'étais retrouvée dans l'appartement vide, c'était la veille de la naissance.

Une fois de plus, je retrouvais cette solitude familière, celle qu'autrefois je prenais pour un cocon protecteur.

— Allez, courage, mon amour, dit Antoine d'un air un peu désolé.

Colombe pleurait toujours quand la porte se referma sur lui. Et c'est là que je le réalisai : je n'étais plus seule. Je ne le serais plus jamais.

IX

Des images me reviennent. L'appartement en désordre. Cadavres de biberons dans l'évier. Langes essaimés çà et là comme des lambeaux. Partout, sur chaque parcelle de tissu, tenace, acide, une odeur de lait caillé.

Je me souviens des heures passées à tenter de la calmer, à coups de berceuses, d'errements dans les pièces et de supplications, *Tais-toi s'il te plaît tais-toi*, tellement à bout de nerfs que je finissais par la poser dans son lit et que je la laissais là, comme ça, hurlant sous son mobile d'oiseaux blancs, *Tais-toi tais-toi* – et quelque chose en moi se verrouillait. Nulle douceur dans ma voix. Nulle tendresse dans mes yeux. Pur mécanisme de survie. Parfois, je me disais que je pourrais sortir, aller faire un tour, partir loin d'elle ; que ma présence auprès d'elle ne changeait rien. Mais au bout d'un moment, je revenais, je la reprenais, je recommençais.

Comme je ne savais pas quoi faire, je préparais des biberons. Vingt par jour, trente par jour. Je ne faisais que cela.

« Laissez un intervalle de trois heures entre les prises pour permettre une bonne digestion », disait le livre de puériculture.

« Cette enfant a faim, disait ma mère. Il faut insister. »

« Il ne faut jamais insister, disait la sage-femme. Vous risqueriez de la bloquer. »

« Ne laissez surtout pas pleurer un nourrisson, cela pourrait le traumatiser de façon irréversible », disait Internet.

« Il faut les laisser un peu pleurer, ces bébés, sinon ils vous bouffent », disait la voisine de palier.

Mais de tous les avis, le plus vertigineux était encore celui de Caro.

« Fais-toi confiance. C'est toi sa maman, tu la connais mieux que personne. »

Mon identité de mère était encore si vacillante que je m'en serais remise au premier venu plutôt qu'à moi-même. Les semaines passaient, et le mystère que Colombe était pour moi ne se perçait toujours pas.

Fin novembre. Première visite chez la pédiatre, trouvée au hasard dans l'annuaire. J'allais peut-être enfin obtenir la réponse à mes questions. Dans la salle d'attente aux couleurs pastel, des affiches de la *Leche League*. Petite soixantaine, cheveux frisés, étole camaïeu sur les épaules. Style décontracté d'enseignante à la retraite. « Vous la nourrissez ? — Euh... au biberon », répondis-je presque avec honte, comme une élève avouant qu'elle n'a pas bien fait son travail. La pédiatre ne fit aucune remarque ; c'est à peine si elle sourcilla. Mais dès lors, l'examen fut expédié, comme si, après tout, mes problèmes ne tenaient qu'à moi. Toutes mes questions furent balayées, résumées en un seul mot : « coliques ». Je n'avais pas à m'inquiéter : la courbe de poids était bonne, tout était en ordre ; changez de lait, changez de tétine, et surtout prenez votre mal en patience, d'ici deux ou trois mois *ça passera* – au revoir, madame.

« Coliques ». Le diagnostic était posé. Système digestif immature. « Mais qu'est-ce qu'elle a à pleurer comme ça ? Tu as consulté ? — Oh, rien à faire, ce sont des coliques. » « Il faudrait la soulager, votre petite, je l'entends crier jusqu'à plus d'heure moi, les murs sont fins. — Désolée, je n'y peux rien, ce sont les coliques. » Je répétais ces mots, j'essayais de me rassurer. Me dire qu'elle était un bébé comme les autres, que d'ici quelques semaines tout finirait par s'apaiser.

Mais au fond de moi, je le savais déjà. Cette brûlure au fond d'elle, c'était celle de la rage.

Par moments, je la comprenais. Je concevais la violence de son expérience, cette vie rugueuse dans laquelle elle avait été projetée, seule, ahurie. J'imaginais l'inconfort de ce corps sans cesse dardé de sensations agressives et incompréhensibles, loin de la chaleur humide et suffisante de mon ventre. Et je me détestais de ne pas savoir la soulager, de ne pas être pour elle la maman rassurante, enveloppante, qu'elle aurait méritée. Dans ces moments-là, je sentais en moi le besoin de la protéger, de la consoler, et je me disais que c'était peut-être cela, tout simplement, l'amour que j'attendais.

Mais la plupart du temps, devant mes efforts inutiles, je ne ressentais rien d'autre que du dépit.

Au mieux, un ennui profond.

« Tiens bon. » C'est ce que je me répétais à longueur de journée. « Tiens bon. »

Tenir, et d'abord, sans la mettre en danger. Éviter soigneusement de la faire tomber, de l'asphyxier ; m'empêcher de la secouer. Chacun de mes gestes était parasité par cette pensée : la facilité avec laquelle j'aurais pu la faire mourir. Sous mes mains, son corps minuscule semblait de cire ; mes doigts sans heurt auraient pu s'y enfoncer. Je regardais le pli tendre de son cou ; un serrement, sans qu'il y paraisse, aurait pu le broyer. Je ne *voulais* pas lui faire du mal, mais je m'étonnais simplement de cette possibilité. Je m'effrayais du pouvoir que j'avais sur elle. Une inattention, une maladresse. Un coup de sang. Comme pour conjurer le sort, j'allais regarder sur Internet des histoires de morts subites, de bébés noyés dans le bain, de chutes de la table à langer. Traumatismes crâniens. Lésions irréversibles. D'un instant à l'autre, le gâchis d'une vie à peine amorcée. Moi si maladroite, si peu aguerrie, je n'étais à l'abri de rien. Que je fusse seule avec elle pendant de si longues heures me semblait alors effarant. Et à cette prise de conscience, les murs de l'appartement n'en devenaient que plus hostiles.

« Tiens bon », je me disais.

Et les jours passaient, et je restais debout.

C'est la nuit, je crois, que tout a commencé à vaciller.

Depuis sa naissance, depuis cette première nuit à la maternité, chaque soirée était comme une plongée dans un monde étrange, opaque, un monde à l'envers de celui du réel. Car ailleurs, pas plus loin que de l'autre côté des murs, les autres dormaient ; pour eux, la nuit passait sans encombre, dans la chaleur ouatée de leur chambre à coucher. Mais pour moi, les heures s'écoulaient lentement, pleines, pesantes, conscientes. Quand Colombe enfin, après toute une soirée passée à hurler, consentait à s'endormir dans son petit lit, je me couchais à mon tour. Le silence de l'appartement semblait encore résonner de ses cris. Couchée en position fœtale, je me forçais à me détendre, à me laisser aller au répit tant attendu. Mais l'épuisement accumulé, au lieu de me ramollir, m'avait au contraire asséchée, racornie – si bien que le sommeil ne me gagnait qu'au prix d'une longue lutte au corps à corps avec lui. À force de tensions et d'insomnies, il était devenu friable, poreux ; un sommeil transparent, sans rêves ni repos. Deux ou trois heures plus tard, le premier pleur de Colombe, comme une aiguille, venait sans résistance le perforer. Alors immédiatement je me levais, automatismes bien huilés, chauffer le biberon, tenter de lui donner, attendre le rot, la recoucher, laver le biberon, retourner dans la chambre, la bercer encore et encore, aller pisser, vérifier qu'elle s'était bien rendormie – et quand enfin je me recouchais, à la tension plus douloureuse de mes muscles, je la sentais soudain monter en moi : cette rage des nuits bousillées. Inutile de lutter : je ne me rendormirais pas. Et si par hasard je le faisais, le prochain réveil de Colombe, parfois à peine une heure plus tard, me porterait le coup de grâce.

Le mieux, c'était encore de garder les yeux ouverts. Contracter un peu plus chacun de mes muscles.

Il me semblait qu'une fois plongée dans un sommeil profond je ne pourrais plus m'en dépêtrer. Que si je m'y laissais aller, ce ne serait que définitivement.

J'attendais. Mutique, rencognée, je veillais. Je savais que le prochain cri de Colombe ne me tirerait d'aucun rêve ankylosé, que je l'accueillerais sans surprise. J'étais prête.

De toute façon, Antoine, lui, n'entendait rien. Au début, je le bousculais, par principe, uniquement pour que nos combats soient égaux. Mais il mettait tellement de temps à sortir de sa torpeur que je perdais patience, « Recouche-toi va, je m'en occupe », lui lançais-je avec acrimonie – et aussitôt, alerte, efficace, je reprenais mon ballet de mère dévouée, ô combien héroïque. À sa mollesse je répondais par une crispation de tout le corps, une rigidité presque jouissive.

J'étais au-delà de la fatigue. Je résistais. Je savais qu'il ne faudrait pas grand-chose à cette armure pour qu'elle s'écroule, que le premier choc suffirait à la morceler. Mais je continuais. Chaque nuit, dormir un peu moins. À tout prix, garder le contrôle.

Et puis, un jour les digues ont cédé.

La colère jaillit de moi.

Sur la vie de Colombe, lisse encore, la toute première fêlure.

C'était la veille de Noël, elle avait tout juste deux mois. Deux mois, et son regard s'accrochait à peine à moi ; elle n'avait jamais souri. Deux mois, et mes forces, tendues au possible, ne tenaient plus qu'à un fil. Nouvelle consultation. Cette fois, j'évite la pédiatre de la dernière fois, prends rendez-vous chez mon généraliste. Mais une fois arrivée, je constate que je devrai me contenter de son remplaçant, un jeune nigaud à peine sorti de l'internat. Salle d'attente bondée. Silences, toux, regards suspects. Colombe, dans son cosy, s'agite et se tend. J'ai chaud. Un enfant au nez baveux tente de s'approcher, agite devant elle des Lego à l'hygiène douteuse. Je ne sais pas où me mettre. J'attends une heure. Une heure et demie. Et dans cette atmosphère fébrile, oppressante, je sens que je suis déjà en train de perdre pied.

— Désolé pour le retard, entrez, dit enfin le jeune docteur, un peu confus et dépassé.

Dans son cabinet, Colombe pleure toujours. Le patch anesthésiant que j'ai posé sur sa cuisse avant de venir ne fait plus effet ; quand l'aiguille du vaccin s'enfonce dans la chair molle, elle hurle et se cabre. Je n'entends plus les cris. Je la rhabille ; mes mains tremblent. D'un geste mécanique, brutal, je plie son poignet, fais entrer la petite main dans sa manche. Un peu plus et je la désarticulerais. Je dis :

— Elle pleure tout le temps, c'est vraiment dur.

Le jeune docteur est gentil, il comprend. Je me dis que sans doute il n'a pas encore d'enfant, qu'il ne sait rien de ce que je vis, que sa vie à lui est facile.

— Mais vous savez, la courbe de poids est bonne, tout va bien. Ce sont juste des coliques.

À ce mot, c'est moi qui ai envie de hurler. J'insiste, vous êtes sûr qu'il n'y a rien d'autre ? Je l'implore presque ; j'ai l'air hagard, je respire vite, je sue sous mon manteau. Au fond, j'aimerais qu'il voie que c'est moi qui vais mal, qu'il me dise « Ne vous inquiétez pas, madame, on va s'occuper de vous », qu'il me décharge de tout cela. Mais l'heure tourne, désolé vraiment, il y a encore des patients qui attendent. Chéquier, carte vitale, au revoir, madame – et joyeuses fêtes.

Retour à l'appartement. Il est à peine seize heures, Antoine est déjà là, en vacances enfin, il est rentré plus tôt, s'est ouvert une bouteille de vin et regarde un film sur son ordinateur. Notre arrivée, je le vois bien, perturbe trop précocement ce petit moment de solitude délicieux. Envie de lui jeter sa bouteille à la gueule. S'il comptait rentrer si tôt, pourquoi ne pas m'avoir rejointe ? Sait-il seulement que j'avais rendez-vous chez le médecin, que Colombe a eu son vaccin ? L'appartement est sens dessus dessous ; demain, Adèle et Rose vont arriver, elles viennent passer les fêtes à la maison. Rien n'est prêt, personne n'a fait les courses. Colombe pleure encore ; « Tu as besoin d'aide ? » demande-t-il d'un air gauche. Non vas-y, je me débrouillerai, pas besoin de toi. Je la déshabille, fais couler le bain. Mes gestes sont brusques, précipités. Sous mes doigts, son corps lutte. Je peux sentir le pouls de sa force, la rage avec laquelle elle me résiste. Je la plonge dans l'eau tiède, elle se débat. Ma main retient sa nuque minuscule. Je sens la possibilité d'un serrement. Elle est là, toute proche. Il n'y a plus d'empathie en moi. Plus l'once d'une douceur. Tout est aride, crispé. « Tais-toi », je répète, tout bas, mâchoires serrées. « Tais-toi. » L'inertie d'Antoine à l'autre bout de l'appartement, la conscience de sa présence flasque, inutile, me remplissent d'une colère sourde. Je la sors de l'eau, l'enveloppe dans sa serviette. Mouvements machinaux, exécutés sans conscience. Tout son corps tremble, secoué de spasmes. Je pense à demain, au réveillon, je pense aux courses qu'il faudra faire, supermarché bondé, aux repas qu'il faudra préparer, Adèle et Rose et leur appétit délicat, si souvent rebutées par ma cuisine ; je pense à tout cela, à leur exigence, leur regard posé sur moi, pendant qu'Antoine attendra placidement que les choses se fassent ; je pense à cet enfer qui continue, à la nuit qui m'attend encore, à ces cris qui ne s'arrêteront pas. Et soudain, voûtée au-dessus de la table à langer, je sens en moi quelque chose qui craque. Littéralement. Le fil qui rompt. D'un coup net, tranchant, mes forces qui ploient.

— Tais-toi !!!! Tais-toi !!!!

Mon visage à deux centimètres du sien. Mes mains, comme des serres, contractées autour de ses bras. Prêtes à la secouer.

J'ai hurlé si fort que ça vibre encore en moi.

L'espace d'un instant, comme en réponse au mien, le cri de Colombe s'est suspendu, son souffle s'est figé. Ses yeux opaques me fixent, sidérés. Pour la première fois peut-être, ils me regardent.

— Pardon, pardon.

Tandis que je recule, sans m'en rendre compte presque, la laissant sur la table à langer, ses hurlements reprennent, plus rauques encore, plus caverneux. Des cris de terreur. L'image s'imprime en moi, ce bébé abandonné sur le matelas, nu, tremblant. Il m'a fallu aller jusque-là pour la voir enfin telle qu'elle est : un être humain de deux mois. Fragile. Sans armes.

— Mais qu'est-ce qui te prend ?

Antoine, surgi derrière moi, se précipite sur Colombe, l'enveloppe dans ses bras, la protège de moi.

Et dans le regard qu'il me lance soudain, pour la première fois depuis notre rencontre, c'est de la peur que je lis.

Ce soir-là, je suis partie. Tout comme, moins d'un an auparavant, j'avais fui la maison d'Auboué après m'en être prise à ma mère, j'ai tout laissé derrière moi. Lâchement. Mais cette fois, aucune euphorie ; aucun sentiment de libération. J'ai dit simplement à Antoine :

— Occupe-toi d'elle, je n'y arrive plus.

Il n'a rien répondu ; et comme ça, sans rien prendre avec moi, je me suis évadée.

J'ai marché. C'était la nuit déjà, ville illuminée, rues saturées d'avant congés. Derrière les fenêtres des immeubles, à l'envers des boulevards, je devinais les intérieurs tamisés, baignés de lumière orangée. Cocons merveilleux, foyers paisibles où régnait l'ordre. Comment avais-je fait, moi, pour tout gâcher ? Par quelle brèche le chaos s'était-il introduit dans ma maison ?

Je ne savais pas où aller. Pendant un instant, j'ai pensé à prendre la voiture jusqu'à Auboué. Me réfugier dans ma chambre d'enfant, m'y tapir pour ne plus affronter ma vie d'adulte. Mais hors de question de subir le jugement de ma mère. Je cherchais une voix douce, une voix de sœur, attentive et consolante. Après une heure d'errance, j'ai sonné à la porte du cabinet de sages-femmes où, quelques mois plus tôt, j'allais assister aux cours de préparation à la naissance. Mais il était trop tard déjà, personne ne répondait. Alors j'ai continué.

Je ne sais pas comment, ni au bout de combien de temps, mais j'ai fini par me retrouver devant les portes de la maternité. Retour aux origines. Devant l'entrée des urgences obstétricales, je vois un couple s'engouffrer à l'intérieur, une femme voûtée sur elle-même et un futur papa légèrement hébété, tirant une valise derrière lui. D'un pas chancelant, je les suis. Couloirs feutrés, odeur aseptisée. Je prends l'ascenseur jusqu'au deuxième. C'est là, je me souviens. Les chambres des jeunes accouchées. De l'autre côté des murs, je perçois des voix, des bruits de télé allumée, et derrière encore, presque imperceptibles, les cris chevrotants des nouveau-nés. Impression familière ; c'est ici que tout a commencé. Peut-être que si je reviens, je pourrai tout reprendre à zéro ? Qu'on m'apprendra comment être mère ? Qu'on me laissera une deuxième chance ? Mais soudain une dame en blouse verte, la cinquantaine revêche, je me souviens d'elle, me sort de ma torpeur :

— Ah je suis navrée, madame, les visites, c'est terminé.

Je bredouille quelque chose, désolée je me suis trompée ; trop honte d'avouer, de dire que j'étais là moi aussi il y a deux mois, vous vous rappelez, que j'ai laissé mon bébé à la maison, que je n'y arrive pas. De toute façon, elle ne m'a pas reconnue. J'ai tellement vieilli depuis Colombe, je ne me ressemble plus. Et puis, qu'est-ce que je fais ici ? Sous les yeux agacés de l'infirmière, je m'en vais.

Cette soirée-là, la première sans Colombe, je la passe finalement dans un hôtel du vieux Metz, non loin de l'appartement où j'avais autrefois vécu. À défaut de pouvoir revenir dans mon studio d'étudiante, j'ai retrouvé le quartier, l'animation des rues, la vue sur la cathédrale posée comme une lanterne au-dessus des toits. La plupart des hôtels étaient complets ; une chance que j'aie trouvé cette chambre. C'est hors de prix bien sûr ; mais ici au moins, tout est pur, lessivé, sans odeur ni désordre. Allongée sur le couvre-lit aux couleurs métalliques, je me perds dans les motifs géométriques de la tapisserie. Pour la première fois depuis des semaines, des mois même, je suis seule. Je retrouve le silence, ce vertige lénifiant de l'isolement. Je pense à Colombe ; je me rassure, je me dis qu'elle est en sécurité avec Antoine ; que quoi qu'il arrive, loin de moi, elle ira bien.

J'essaye de m'endormir. Je voudrais que ce sommeil m'enveloppe comme une gangue, qu'il efface en moi l'image de ce nourrisson sidéré par mon cri ; qu'il me fasse oublier jusqu'au fait que je suis mère. J'aimerais me réveiller dans ma vie d'avant, la vie précolombienne, celle où tout était encore sous contrôle : mes lectures, mes cours à la fac, mes plaisirs tempérés. Ma petite vie de doctorante solitaire et bien réglée. Je me couche sans même prendre le temps de me déshabiller. Corps tendu, en chien de fusil. Je l'implore de lâcher prise. Je pensais qu'ici, loin de la maison, je m'écroulerais de sommeil.

Mais il n'en est rien. Dans mon ventre, quelque chose me vrille. Comme une carence, un besoin immédiat. De quoi ? Au début, je ne le sais pas. Et puis ça remonte, là, brusquement. Le souvenir de l'odeur de Colombe. Son haleine lactée. Son cuir chevelu au parfum poudré, mélange d'amande douce, de coton frais et de sueur acidulée. Pour la première fois, elle me manque. Mais d'un manque tellement physique, absolu soudain, viscéral, que j'en crève de douleur.

Sur mon portable, je découvre les appels en absence d'Antoine. Il est une heure du matin quand je le rappelle.

— Tout va bien ? Colombe va bien ?

— Tu es où ?

— J'ai pris un hôtel, mais je vais rentrer. J'avais juste besoin de m'aérer, maintenant ça va mieux. Je vais gérer. Et Colombe, dis-moi, elle va bien ?

— Écoute, Sylvia. Ce n'est pas la peine de rentrer. Il n'y a personne à la maison.

Tout se suspend. À l'autre bout du fil, Antoine laisse un silence.

— On est aux urgences.

X

Quand j'arrive dans le box, la consultation est terminée. Colombe dort sur Antoine, ventre contre ventre. Son visage, bouffi encore par les pleurs, semble enfin apaisé.

Antoine me raconte. Sa voix est calme. Et dans cette image de lui, droit, paisible, tenant sa fille entre ses bras, je retrouve l'homme que j'ai aimé il y a deux ans ; celui qui me promettait d'être infaillible. Il me dit ne t'inquiète pas, tout va bien. Quand je suis partie, Colombe a beaucoup pleuré ; comme elle avait eu son vaccin, il a cru que c'était normal, lui a donné du Doliprane ; mais elle a continué de hurler, si fort, si longtemps, qu'il s'est dit que ce n'était pas possible ce que les médecins avaient raconté, qu'il devait sûrement y avoir un problème. Alors, dépassé, il est allé ici, aux urgences. Il a vu un pédiatre, un type bien me dit-il, celui-là au moins on peut lui faire confiance ; il a examiné Colombe, lui a diagnostiqué un reflux gastro-œsophagien ; c'est courant chez les bébés, rien de grave non, mais ça explique pourquoi chaque prise de biberon est un enfer, pourquoi elle hurle tellement.

Il me parle d'un traitement, me dit que l'ostéopathie apparemment ça fait aussi des miracles, qu'il faudrait essayer ; avec ça, tu verras, tout va rentrer dans l'ordre.

— Je peux la prendre ?

D'un geste lent, précautionneux, Antoine me tend le petit corps de Colombe recroquevillé sur lui-même. Va-t-elle se réveiller, recommencer à hurler ? Non, à ma surprise, sans effort, elle se laisse glisser contre moi. J'ai l'impression que je la tiens pour la première fois ; que pour la première fois, mes bras se referment sur elle sans trembler. De toutes mes forces, je l'enveloppe. Alors enfin, je peux la respirer. Son odeur coule en moi comme une eau calme, vient délier l'armure noueuse de mon corps. Et cette odeur m'apprend la douceur. Depuis tout ce temps, je la cherchais quelque part dans la possibilité d'une vie ordonnée, reposante, maîtrisable, mais c'est là, exténuée, à bout de forces, que je la trouve.

Colombe naît ce soir-là. À deux mois. Comme s'il nous avait fallu traverser tout cela, cette lutte presque au corps à corps, pour enfin elle et moi nous rencontrer.

Deuxième partie :
Collisions

Dix-sept heures

Une à une, les bougies s'enfoncent dans le gâteau. Sans heurt, elles traversent la surface craquelée de la pâte à sucre, puis s'enlisent dans le moelleux de la génoise. Une – deux – trois. Minutieuse, précise, Sylvia veille à respecter entre elles un écart régulier. Quelques millimètres tout au plus, sinon il n'y aura jamais la place. Quatre – cinq – six. Sous ses yeux, en quinconce, elles dessinent une forêt. Sept – huit – neuf. Surtout, ne pas empiéter sur les lettres ni les décorations en forme d'étoiles. Conserver l'harmonie. Que, jusqu'au bout, tout soit réussi.

Vingt bougies. Derrière chacune d'elles, c'est une année que Sylvia pose. « Ma fille a vingt ans. » Elle se répète encore ces mots, pleins, rassurants. Elle n'arrive toujours pas à y croire. Tout ce chemin parcouru ; toutes ces épreuves traversées. Elle repense à ces soirs d'hiver à l'hôpital, il y a vingt ans, il y a seize ans, à toutes ces veillées inquiètes, à ces nuits d'insomnie. Contre toute attente, elle l'a *élevée*. Chaque bougie qu'elle dresse le lui prouve : devant elle, la vie de Colombe se matérialise. Ses années se mettent debout.

— Antoine ! Tu veux appeler les jeunes, s'il te plaît ? C'est bientôt prêt !

À genoux devant la table, concentrée, pupilles dilatées, elle vérifie l'équilibre de l'ensemble, guette sur la surface lustrée la moindre aspérité. Tout semble impeccable. Mais un bruit sourd résonne soudain, une secousse imperceptible. Les bougies tremblent. Elle se redresse. Sensation que les murs craquent, qu'au-dessus d'elle quelque chose se met à bouger. Mais les rires sonores d'Eliot et de Jacob la ramènent à la raison : ce ne sont qu'eux qui dévalent l'escalier avec leur brusquerie habituelle. Bientôt, leurs voix se perdent dans le salon, se mêlent à celles des autres. Le moment approche. Tout en contemplant une dernière fois le gâteau, sa sphéricité parfaite, elle se demande encore, presque par réflexe, si tout cela suffira.

Jusqu'où faut-il aller ? se demande-t-elle. Quel est le degré acceptable de don de soi à partir duquel on peut être qualifiée de *bonne mère* ?

« C'est simple : votre fille, vous l'aimez oui ou non ? »

Elle le revoit encore, ce psychiatre au ton rude, franc du collier, qui l'avait reçue dans son bureau quelque temps après Noël, quand Colombe avait deux mois. Elle se souvient de son cabinet, le tableau qui trônait derrière son bureau, genre de Vasarely, damier rouge et vert pixélisé, dans lequel ses yeux se perdaient.

Elle était là, penaude, son mouchoir roulé en boule dans la main, comme une petite fille qui cherche à être consolée – et il lui avait lancé :

— Parce que sinon, il est encore temps de la confier à la DDASS, vous savez ?

Visiblement, il avait l'intention de la secouer.

— Bien sûr que oui je l'aime.

— Très bien. Alors on y va.

Avant la fin de la séance, le diagnostic était tombé : « Dépression du post-partum. »

Sur ces mois de chaos, les mots enfin s'étaient posés.

Pourquoi est-ce qu'elle repense encore à tout cela, là, maintenant ? La tête d'Antoine apparaît dans l'entrebâillement de la porte :

— C'est bon, tout le monde est là, tu peux y aller.

Aussitôt, elle fait craquer la première allumette et, d'une main tremblante, l'une après l'autre, allume les vingt bougies. Équilibre délicat. Tout va se jouer dans les prochaines minutes. Elle perçoit déjà dans le salon l'agitation qui redouble, cette effusion qui précède le bouquet final.

Mais une fois encore, la question lui revient : « Alors, votre fille, vous l'aimez oui ou non ? »

Ce psy, elle l'avait presque effacé de sa mémoire. Son nom et son visage, elle les a oubliés depuis longtemps. Elle se souvient simplement de ce tableau derrière lui et aussi qu'il l'appelait par son prénom, que parfois même il la tutoyait, et que ça la gênait sans qu'elle ait jamais osé le lui faire remarquer. Malgré tout, elle avait continué à aller le voir pendant plusieurs mois. Elle n'avait qu'à s'épancher pendant quarante minutes sur ses relations avec sa mère, pour qu'à la fin il signe sa prolongation d'arrêt maladie et son ordonnance de Zolpidem. Sylvia n'en demandait pas tant. Non seulement elle n'avait pas à s'inquiéter de retourner à la fac, mais en plus elle dormait à nouveau – d'un sommeil lisse, sans relief, un sommeil pour ainsi dire mécanique, et dont elle sortait galvanisée, comme si la fatigue n'avait plus d'emprise sur elle. Les médicaments l'anesthésiaient, nivelaient tout ce qu'il pouvait y avoir en elle de vif et de rugueux. Désormais, les choses glissaient sur elle sans l'atteindre.

Et c'est comme ça que, peu à peu, elle a fini par se relever.

La vie avec Colombe, aussi, devenait plus facile. Avec le traitement contre le reflux, ses journées se structuraient au rythme des biberons désormais goulûment avalés. Mais surtout, elle grandissait. L'étrange petit animal qu'elle était prit des traits humains : les joues s'arrondirent ; les jambes de grenouille se firent grasses, potelées, petits pains au lait offerts aux baisers. Elle devint *adorable*. Sylvia se souvient. Sa peau molle et blanche et qui sentait la brioche ; les plis du cou, les épaules minuscules qu'elle gobait à pleine bouche, ce qui aussitôt provoquait sur sa colonne vertébrale une onde de frissons. Enfin, le regard de sa fille s'accrochait à elle. Sans cesse, à sa vue, il s'illuminait. L'amour qu'elle lui donnait était sans réserve, transparent, le genre d'amour dont seuls sont capables les cœurs purs. Bientôt, ses premiers sourires éclaboussèrent son visage ; ses éclats de rire crépitèrent dans la maison. Alors qu'elle l'avait crue sombre et secrète, elle découvrait finalement combien la vie pétillait en elle, rutilait, la débordait. Son énergie était sans bornes. Elle était comme ça Colombe, ardente, à fleur de peau, si sensible que la moindre molécule du réel semblait à chaque instant l'absorber ; tout entière captivée par ce que le monde pouvait offrir à sa préhension – un morceau de tissu, un rayon de soleil tremblant sur le parquet, chaque parcelle de la peau de sa mère.

Oh que si, je l'ai aimée, se dit Sylvia. Follement. Elle l'a mangée de baisers, enveloppée de câlins, l'a serrée si fort qu'elle aurait pu se fondre en elle. Elle a surveillé le moindre de ses pas, couru derrière elle quand elle a commencé, trottinant, à tout explorer dans l'appartement ; a anticipé chacune de ses chutes, soigné toutes ses écorchures, veillé sur elle les nuits de fièvre et de toux. Elle l'a gâtée. Plus que de raison. A cédé à toutes ses demandes, accouru à chacun de ses pleurs. Elle l'a jalousement gardée, si réticente à la laisser à quelqu'un d'autre qu'elle a fait en sorte de prolonger son arrêt maladie le plus longtemps possible avant de consentir à l'inscrire en crèche. Après quoi, renonçant sans regrets à sa carrière universitaire de toute façon avortée, elle a pris à temps partiel un poste de professeure d'anglais dans le secondaire. À la rentrée suivante, elle était mutée comme remplaçante en Moselle Est. Peu importait que sa thèse soit laissée à l'abandon, que ses années d'études se terminent sur un sentiment d'inachevé ; peu importaient les heures de transport, les établissements difficiles et son manque de zèle pour enseigner les verbes irréguliers à des adolescents apathiques ou remuants. « Oh après tout, prof, c'est bien comme métier quand on est une femme », avait-elle souvent entendu. Elle avait fait le choix du compromis, de la facilité : il y avait les vacances toutes les six semaines, le mercredi après-midi libre, et surtout l'ambition personnelle rabaissée à la stricte exécution de son service, cours à préparer, copies à corriger – rien qui puisse désormais la faire dévier de sa vie de *maman*.

L'existence qu'elle s'était construite était solide, pragmatique, telle qu'elle l'avait voulue. Plus de place pour la littérature, le monde de la fac, le jargon de l'entre-soi. Rangés au placard, Virginia Woolf et ses états d'âme, son écriture impressionniste, ses lumineuses épiphanies. Sylvia était passée de l'autre côté : celui de la vie réelle, concrète, impérative. Celui des courses à prévoir, des menus de la semaine, des matins pressés et des lavages de nez musclés, des allers et retours à la crèche et des rendez-vous chez le pédiatre. Plus le temps de rêver ; elle était dans *le réel* désormais, les deux pieds dedans. Solide. Monolithique. Ses préoccupations ne tournaient qu'autour de Colombe, de son équilibre et de sa santé, de ce qui pourrait lui faire plaisir ou l'éveiller au mieux. « Attention, disait Donna, vous êtes trop fusionnelles elle et toi, tu vas en faire un petit tyran. » Et c'était vrai : au centre de toutes ses attentions, Colombe devenait toute-puissante, caractérielle, s'accrochait voracement à elle tout en lui faisant sentir, dans le même temps, à quel point elle était loin de la satisfaire. Elle faisait des caprices et des colères, exigeait une chose puis son contraire, voulait, ne voulait plus, voulait encore, puis hurlait parce que c'était trop tard. Chaque jour, la force que Sylvia lui avait toujours pressentie se confirmait.

Parfois oui, elle la redoutait encore, comme si elle savait qu'elle pourrait une seconde fois la terrasser. Alors, pour contrer cette angoisse, elle comblait tous les moments de vide. Elle accumulait les activités, piscine, ludothèque, éveil musical, l'emmenait partout, passait ses mercredis à Auboué, s'arrangeait pour ne rentrer qu'en même temps qu'Antoine. Seule avec Colombe dans l'appartement, elle avait l'impression de marcher sur un fil en permanence, que tout pourrait partir en vrille à nouveau. Elle préférait l'urgence. Cette course permanente la rassurait, lui donnait l'impression d'être une mère forte, active, concernée. Tant qu'elle en avait l'énergie, elle résistait. Elle encaissait les coups ; elle tenait la barre. Par-dessus la surface poreuse et fragile de son être, elle avait désormais une écorce ; et cette écorce, peu à peu, a fini par devenir son armure – de celles qui donnent aux mères, d'année en année, le courage d'organiser des réceptions sans s'effondrer, de confectionner des gâteaux absolument parfaits, pour enfin les porter à bout de bras dans un salon bruissant.

« Joyeux anniversaire, joyeux anniversaire… »

Les chants des invités se mêlent autour de Colombe. Derrière les flammes vacillantes, Sylvia distingue son visage qui se penche, ses cils plumeux ombrager son regard.

— N'oublie pas de faire un vœu ! dit Caro.

Elle hausse les épaules, l'air de se dire, c'est bon on ne me la fait plus, puis retient sa respiration, une, deux secondes, pas plus, et d'un souffle long, d'une seule traite, vient à bout des vingt bougies.

Les applaudissements crépitent, et hop ça y est on s'assoit, pas le temps de dresser la table, on mangera dans le salon, directement autour de la table basse, assiettes sur les genoux. Antoine, comme chaque année, lance un « Oh c'est presque dommage de le manger ! », prend le gâteau en photo avant sa mise à mort. Il ne faut pas trois minutes pour l'éventrer, tranche après tranche, le réduire en charpie.

— Trop bon, madame, dit Eliot, la bouche pleine.

Jacob et lui sont quasiment les seuls à engloutir leur assiette et à réclamer une deuxième part. Les autres calent, c'est délicieux, Sylvia, vraiment, mais on n'a plus de place. Comme d'habitude, Rose et Adèle picorent à peine, soucieuses de garder la ligne, écœurées presque par cette montagne de calories qu'on leur inflige chaque année.

Quant à Colombe, elle ne touche pas à son assiette. Ses yeux sont éteints, ses lèvres sèches. Sylvia le sent, comme quand elle était petite, quelque chose ne va pas. Intuition de maman, immédiatement reconnaissable, là, dans le ventre. Ce silence, cette apathie, cela ne lui ressemble pas. Tu vois, entend-elle quelque part au fond d'elle-même, elle n'est pas aussi heureuse que ce que tu prétends. Et pourtant, tu continues comme si de rien n'était, avec ton buffet, tes prévenances et ta douceur ; tu t'obstines à montrer aux autres quelle hôtesse irréprochable, quelle mère dévouée tu crois être.

Ouvre les yeux. Réveille-toi.

Encore là, cette voix en elle qui la lancine depuis ce matin. D'une coupe de crémant avalée presque aussitôt, Sylvia la fait taire.

— Bon, et si on passait au plus important maintenant ?

Elle se lève, va chercher les paquets amoncelés sur la console. Un sourire, enfin. L'un après l'autre, avec une précaution inhabituelle – elle qui, d'ordinaire, fait voler en moins de deux tous les emballages –, Colombe ouvre ses cadeaux. Elle prend son temps. Les regarde et les soupèse, comme pour savourer chaque attention qu'on a eue pour elle aujourd'hui. Un coffret collector Miyazaki ; des billets pour un baptême en parapente ; un tee-shirt Wonder Woman ; la nouvelle édition de *Quartier lointain* ; des mugs licorne ; un parfum aux notes d'ambre et de cèdre. Même Charlotte lui a fait un dessin, un portrait d'elle en policière, mains énormes, pistolet au poing, affrontant une horde de vilains.

— Tu es gâtée dis donc ! lance Sylvia, comme pour la réveiller un peu, lui faire prendre conscience de la chance qu'elle a.

Colombe se lève, à tour de rôle embrasse les invités.

— De rien, ma belle, tu le mérites bien ! dit Caro.

— Pas de quoi, grande sœur, fait Jacob en l'étreignant.

Sylvia a l'impression que Colombe tient à peine debout, qu'un rien pourrait la faire chanceler. Quand elle se penche enfin sur elle, sa joue la frôle, froide, presque imperceptible ; à peine a-t-elle le temps de lever les bras pour la serrer contre elle qu'elle s'est déjà esquivée et part se rasseoir.

Donna regarde avec inquiétude par la fenêtre, guette la tombée de la nuit et le moment où il faudra l'amener à l'hôtel. Charlotte, affalée sur les genoux de sa mère, chouine de fatigue, réclame un dessin animé. La journée touche à sa fin. Autour de Sylvia, la réalité semble se liquéfier, perdre consistance. Est-ce le crémant qui lui monte à la tête, le contrecoup de la journée ? Elle sent que les choses lui glissent entre les doigts, qu'elles commencent à lui échapper.

Il est temps qu'on en finisse.

— S'il vous plaît ! Écoutez tous !

Tintement de cuillère sur le verre. Elle se lève, un peu tremblante. Colombe pose ses yeux sur elle, ses yeux vert et bronze de princesse guerrière, qui pourraient d'un trait la fusiller. Qu'est-ce qu'elle va encore me faire ? semble-t-elle penser. Autour d'eux, les voix s'atténuent ; Sylvia se racle la gorge, reprend son souffle. Dans un dernier effort, essaye de contenir ce qui, depuis ce matin, menace à chaque instant de se morceler.

Voilà. C'est le moment.

— Colombe, ma puce. Je sais que tu n'aimes pas les discours, toi qui es si pudique, que ça te gêne toujours horriblement. Oh, ne t'inquiète pas, je ne serai pas longue. Je voulais juste te dire à quel point, voilà, je suis fière de toi, fière de la jeune femme que tu es devenue. Te dire combien on t'aime. Ces vingt années avec toi ont été les plus lumineuses de ma vie. Les plus douces et les plus folles en même temps. Maintenant, tu arrives au seuil de ta vie d'adulte ; alors, avant que tu prennes ton envol, je t'ai préparé quelque chose pour que tu te souviennes de cette enfance que tu vas quitter. C'est un peu mon cadeau à moi. Je me tais maintenant. Encore bon anniversaire, ma Coco.

Elle fait signe à Antoine pour qu'il éteigne les lumières. Jacob a allumé le vidéoprojecteur. Et c'est parti. Un faisceau bleuté s'étire, couve le salon. Sur le mur, la première image apparaît, légèrement floue. Colombe, vingt minutes de vie. Petite tête de boxeuse après le combat, groggy, paupières enflées, mais les poings déjà fermement serrés – prête à en découdre avec la vie. L'une après l'autre, les photos défilent. Coco, onze mois, quatre dents, fait ses premiers pas brinquebalants au milieu du salon : le monde est à elle. Deux ans, et déjà c'est une petite personne, regard autoritaire, mine boudeuse mais qu'un imperceptible pli au coin des lèvres fait déjà flancher. « Sa majesté Colombe », c'est comme ça que Sylvia l'appelait à l'époque ; petite reine versatile, adorable et tyrannique, qui faisait d'elle sa suivante. Trois ans, bottes de pluie, marinière et cheveux fous : petit matelot, elle s'affaire à creuser des galeries dans la terre humide. C'est l'année du grand départ : la photo est prise devant la maison de Guelbsheim. Derrière Colombe on aperçoit la façade en crépi rose, les volets en bois sombre, le toit pentu et ses velux. C'est là qu'ils vivent désormais, en Alsace. Antoine a décroché un poste dans un grand groupe industriel sur les bords du Rhin. Un boulot inespéré, de ceux qu'on ne refuse pas. Et les voilà partis tous les trois, pour une vie loin de Metz, loin d'Adèle et de Rose qui ne viendront plus qu'aux vacances, loin de Donna qu'elles voyaient tous les mercredis, loin de leurs amis et de leurs repères.

Colombe, et encore plus Jacob, ont tout oublié de cette époque. Ce doit être la seule photo qui leur reste ; Sylvia a jeté tout ce qui pouvait lui rappeler ce pavillon de lotissement dans lequel elle a vécu la pire année de sa vie. Mais l'image suivante l'y replonge presque immédiatement : Colombe fête ses quatre ans, elle pose entre Jacob, deux mois, et ses grandes sœurs. Et déjà son regard semble avoir perdu son éclat mutin ; les yeux sont cernés, le sourire un peu bancal, un peu éteint. À côté d'elle, Adèle et Rose, adolescentes, ressemblent à de jeunes nymphes à peine écloses. Coco porte une robe vert émeraude, des petits collants blancs et des ballerines vernies – accoutrement d'enfant modèle qu'elle n'avait concédé à enfiler, Sylvia s'en souvient, qu'après une colère si terrible qu'elle avait bien failli mettre à la poubelle tous ses cadeaux d'anniversaire. Souvenir parmi d'autres de toutes les crises qui ont marqué cette époque-là, avant et après la naissance de son frère – jusqu'à ce que, quelques semaines seulement après cette photo, l'accident ait lieu.

Sylvia retient son souffle. Dans cette latence qui suit la photo, les images du rêve de ce matin s'impriment de nouveau en elle. La tête ballante de Colombe, son poids inerte sous ses mains. Elle-même le soir de l'hôpital, regard vide, corps sec, rétracté. Ce soir-là, elle s'en souvient, elle s'était juré que désormais elle serait une mère sans faille ; que la vie de Colombe ne connaîtrait plus aucun choc. L'as-tu tenue, cette promesse ? lui murmure la voix. Une famille unie, une fille heureuse, est-ce vraiment ce dont tu peux te targuer ?

« Tu vas voir, lui répond-elle intérieurement. Tu vas voir la belle vie que j'ai construite. »

Des cinq ans de Colombe, non, il n'y aura pas d'image. Dieu merci, personne ici n'a l'air de le remarquer. Elle seule connaît ce blanc dans le parcours de sa fille, cet espace où on aurait dû la voir à l'hôpital, au centre de rééducation ou en convalescence à la maison. Elle seule, fermant les yeux, revoit défiler cette année creuse où sa vie était en suspens ; où pas un jour ne s'est passé sans que l'on se demande si elle allait garder des séquelles de son traumatisme, si elle grandirait normalement. Mais elle s'est battue leur Colombe. Une vraie championne, disaient les médecins. Sa récupération tenait du miracle. Encore et toujours, elle leur prouvait qu'elle était une force de la nature. *Un phénomène.* Et sa vie a repris, comme si rien n'était jamais venu buter sur son chemin.

Les photos continuent, les années passent et rebondissent devant leurs yeux. Premier été dans la nouvelle maison, celle qu'Antoine a mis tant d'efforts à rénover : c'est là, devant ces pans de vignes, dans cette grande demeure réconfortante comme celle qui avait fait rêver Sylvia en baie de Somme, que commence leur deuxième vie – celle des années paisibles et des souvenirs heureux, des vacances tonitruantes avec quatre gamins à la maison, de grandes tablées le soir sur la terrasse quand les amis venaient dîner. Photo de famille : ils sont tous les six dans le jardin, le soleil se couche, l'herbe sous leurs pieds est un peu jaunie. Jacob, deux ans, tient dans ses mains un ballon de rugby ; Rose et Adèle prennent la pose en parfaites adolescentes conscientes de leur beauté ; quant à Antoine et à Sylvia, ils semblent fatigués, vieillis par les épreuves des deux dernières années, mais leurs visages sont sereins. Derrière eux, Colombe fait le pitre, les affuble tous deux d'oreilles d'âne, tire allègrement la langue entre l'espace béant laissé par ses dents de lait. Elle a six ans. Enfin, elle est sur pied.

Au rythme des images, les souvenirs tourbillonnent, bien plus nombreux que ce que les photos pourront jamais montrer : ses années de primaire, cartable sur le dos, scoubidous et virées à vélo avec Eliot et Alba dans les chemins du vignoble ; ses lubies successives pour les élevages d'escargots, *Star Wars* et le skateboard ; ses collections de sables et de cartes Pokémon jamais vraiment entretenues ; les rendez-vous chez l'orthodontiste, les prises de bec au moment des devoirs, sa fierté quand elle a remporté sa première médaille de karaté à neuf ans lors d'une compétition régionale. Les photos passent, les jambes de Colombe s'allongent, son corps se fuselle. Ses taches de son s'estompent ; ses cheveux se relèvent en queue-de-cheval haut perchée sur la tête. Elle devient ado. C'est l'époque des slims taille haute, coupe 7/8 qui laissent les chevilles nues, des pulls bouffants qui cachent tout sauf le nombril. L'époque du bus pour aller au collège, écouteurs vissés aux oreilles, des « Ce prof me gave » et du paquet de clopes découvert un jour dans la poche avant de son Eastpak ; celle des heures paresseuses sur son lit à regarder son portable et à rechigner à la moindre exigence de ses parents – la faute aux hormones, disait Antoine. Mais de ces années un peu musclées, les photos rappellent aussi à Sylvia les jours heureux : leurs longues randonnées les dimanches d'automne, avant de rentrer et de se repaître de tartes flambées ; leurs vacances en Toscane l'été de ses seize ans, où ils avaient tout un programme de musées et d'églises à visiter, et où finalement ils n'avaient rien fait que buller et manger des glaces; leurs virées improvisées en Twingo sur les départementales, sous prétexte de faire des kilomètres pour sa conduite accompagnée, vitres ouvertes, musique à fond, comme dans un road movie américain.

La dernière photo de Colombe, Sylvia l'a récupérée sur son compte Instagram. Selfie pris à Montpellier avec ses potes, langue tirée une fois encore, lunettes de soleil où se reflète le scintillement de la mer. Voilà sa nouvelle vie, celle qui se fait loin d'eux, celle qui ne dépend plus de qui que ce soit. Elle a coupé ses cheveux à la garçonne, s'est fait tatouer sur le bras un dessin tribal. Solaire, sa Colombe. Vivante, cœur battant à tout rompre. Dans quelques années, elle arpentera les couloirs d'un commissariat, brassard et holster sous l'aisselle, à mi-chemin entre le cow-boy et l'héroïne de série policière. Une justicière. Et qu'importe que Sylvia se raconte des histoires, qu'elle l'idéalise comme font toutes les mamans. La vie qu'elle a choisie lui ressemblera. Son destin, c'est celui qu'elle entrevoyait déjà quand elle a senti pour la première fois les pulsations de son corps entre ses mains; quand elle a compris à quel point elle serait forte.

L'image s'éteint sur le mur. Silence. Dans la pénombre bleutée, c'est comme si tous les autres visages s'étaient effacés. Il n'y a plus que Colombe, là, face à elle. Impassible. Yeux félins posés sur elle. Que va-t-elle dire ? Sylvia reste suspendue à elle; elle aimerait la voir bondir du canapé et s'accrocher à son cou, qu'elle lui dise « Merci, maman, t'es super » ; elle aimerait lire dans ses yeux, oui oui ne t'inquiète pas, elle est belle l'enfance que j'ai eue, que des souvenirs lumineux, maintenant je pars dans la vie le cœur solide, si rempli d'amour que j'en ai même encore à revendre. Qu'elle lui dise simplement, voilà, maman, tu peux me laisser partir sans crainte : tu as fait tout ce qu'il fallait.

Mais au lieu de ça, elle reste immobile, à la fixer.

Et puis, lentement, ses mains se rejoignent, claquent lourdement l'une dans l'autre, sans même que son visage sourcille. Par une imitation réflexe, les autres applaudissent aussi, mais Sylvia ne les entend pas. Colombe se lève, s'avance vers elle. Elle lui fait face maintenant, son corps mince et musclé, plus grand qu'elle, juste à quelques centimètres du sien. L'espace d'une seconde, elle réalise qu'elle pourrait désormais l'affronter – elle dont les poignets, elle se souvient, lui semblaient si fragiles entre les doigts ; elle dont le corps autrefois aurait pu se disloquer à le serrer trop fort. Aujourd'hui, elles ne sont même plus à armes égales : c'est elle, à son tour, qui pourrait la briser.

« Des bravos, c'est ce que tu voulais, non ? Alors vas-y. Savoure-les », semble-t-elle lui dire.

— Coco…

Sa main se pose sur son bras, mais immédiatement, par un sursaut quasi électrique, comme si tout contact devenait impossible, Colombe l'écarte. Son geste est ferme, furtif. Et la voilà déjà dans l'entrée, enfilant sa veste, cigarette coincée entre les lèvres, prête à décamper.

— Tu vas où comme ça ?

Sidération dans l'assemblée, regards interloqués, non mais il se passe quoi là ? semblent se dire Rose et Adèle.

— Attends, on t'accompagne ! lance Eliot d'un air penaud.

Alba et lui se lèvent, jetant autour d'eux un regard un peu désolé.

— Eh, attendez ! s'étrangle Sylvia.

Sous ses pieds, soudain, le sol se met à tanguer comme un bateau ; elle essaye d'avancer, de les rattraper, mais tout chavire autour d'elle, et en moins d'une minute ils sont partis, porte claquée derrière eux, bruit de voiture qui démarre. Un silence abrupt tombe sur le salon. Comme si, avec Colombe, tous les autres invités venaient de s'évanouir.

Elle en est sûre maintenant. La fête est finie.

XI

— Vous avez besoin de quelque chose ? Un café, une tisane ?

L'infirmière de nuit passe sa tête dans l'encadrement de la porte. Je ne sais pas quelle heure il est.

— Non, merci, ça ira.

Dans cette antichambre capitonnée où j'attends toujours, je reprends le fil de mes souvenirs. Diapositives mentales où crépitent les images heureuses de la vie de Colombe ; fragments éparpillés que j'essaye de recoller, pour reconstituer une pellicule.

Mais j'ai beau chercher au fond de moi, tout s'arrête à Guelbsheim. C'est toujours là que je bute. Invisible frontière derrière laquelle la nostalgie devient impossible.

Cette nuit, à l'hôpital, je me fais violence pour affronter la dernière strate de notre vie. Les années Guelbsheim. Le petit pavillon dans le lotissement endormi. La solitude, l'ennui, et mon échec revenu en pleine figure.

Ne t'inquiète pas, ma Colombe, ce n'est pas toi qui étais trop dure. C'est juste moi, disloquée, qui étais trop faible pour te porter.

« Tu verras, disait Antoine, on sera bien là-bas. »

Au volant sur la route qui m'amenait pour la première fois dans le Haut-Rhin, je me répétais ces mots pour mieux m'en convaincre. Je me souviens encore de ce trajet, les Vosges traversées dans une lumière métallique de canicule, Colombe endormie dans le siège-auto, et dont je guettais parfois dans le rétroviseur les mouvements de paupières. Je me souviens de cette route inconnue que je traversais, bordée de forêts et de pylônes, ce paysage qui se modifiait insensiblement sous mes yeux, en même temps que les noms de villes sur les panneaux, plus abrupts, plus étrangers. À mesure que je roulais, je prenais conscience de ce pays nouveau, de cette vie nouvelle dont je franchissais la lisière, presque sans y croire.

Je me répétais le film des trois derniers mois ; ce soir de mars où Antoine était rentré en ébullition, m'annonçant qu'un chasseur de têtes l'avait contacté pour un poste important – du même genre que celui qu'il briguait à l'époque où nous nous étions rencontrés. Mais le travail, cette fois, se trouvait en Alsace, sur les bords du Rhin, juste à la frontière avec l'Allemagne. L'occasion peut-être de changer d'air, quitter Metz et cet appartement dans lequel nous commencions à être à l'étroit, acheter une maison avec un jardin. Parfois, en vacances, dans la grande demeure de Saint-Valery, nous avions évoqué ce possible – allez soyons fous, on quitte tout et on s'installe ailleurs, on refait notre vie, après tout qu'est-ce qu'on a à perdre ?

— C'est le moment ou jamais, m'avait dit Antoine. Et puis j'ai passé les quarante ans, tu sais. Il faut que j'avance.

— OK. Passe les entretiens, on verra bien d'ici là.

Au fond je n'y croyais pas ; je me disais qu'il n'était pas prêt, qu'il serait en compétition avec des candidats bien plus féroces que lui, que pour un poste de cet acabit il n'avait pas les reins assez solides. Mais contre toute attente, il avait été embauché.

J'étais fonctionnaire : l'évidence voulait que ce fût à moi de le suivre. Depuis un an, j'enseignais dans un lycée technique de la région où je commençais pourtant doucement à trouver ma place. Colombe avait deux ans et demi ; nous venions tout juste de l'inscrire à l'école du quartier pour la rentrée prochaine. Notre équilibre reposait sur un mécanisme effréné mais bien huilé, parfaitement orchestré, entre les allers-retours à la crèche, les mercredis à Auboué et la visite des grandes un week-end sur deux. Ma vie se suffisait, bien définie entre ces contours stables et définis. Je ne sais pas si j'étais heureuse ; du moins, j'étais en sécurité. Et puis voilà que tout se bousculait. En quelques semaines, les choses s'étaient enchaînées si vite que j'en restais encore hébétée. Antoine était parti à deux cents kilomètres, avait pris un studio meublé non loin de son usine, et depuis trois mois je me retrouvais seule avec Colombe en attendant que l'année se termine et qu'on puisse le rejoindre.

Nous étions en juin. L'année scolaire était maintenant terminée. Il était temps de prendre la route avec elle, de l'emmener jusqu'à ce *là-bas* encore abstrait où nous allions bientôt nous installer. Antoine venait de dénicher notre future maison ; c'était l'occasion de familiariser Colombe avec son nouvel environnement. Nous avions donc quitté Metz toutes les deux, traversé la région en chantant des chansons, comptant les voitures et jouant à « ni oui ni non ». Mais les heures passant et la chaleur nous acculant, je sentais sa patience s'effriter, et la menace d'une colère planer au-dessus de nous. Dieu merci, après Nancy, elle s'était endormie comme une masse ; mais il arriverait bien un moment où elle se réveillerait, ahurie, nuque trempée, hurlant pour que je ramasse son Pierrot tombé par terre. Les mains crispées sur le volant, je retenais mon souffle à chaque virage pour que ce moment vienne le plus tard possible.

« On sera bien, ne t'en fais pas. » Les mots éternellement optimistes d'Antoine me revenaient encore. Je n'avais qu'à me fier à lui, mon socle, mon pilier. Me fondre dans cette vie lénifiante où il me suffirait d'être mère et épouse. Car rien d'autre ne m'attendait là-bas pour le moment : puisqu'il était trop tard pour demander une mutation, je m'étais mise en disponibilité. En cas de mobilité du conjoint, celle-ci était accordée automatiquement par l'administration. « Vois le bon côté des choses, m'avait dit Antoine. Tu auras tout le temps de terminer ta thèse. » J'avais répondu, « Oui, pourquoi pas ? » – mais j'avais déjà l'intuition que, dans la solitude de Guelbsheim, ma volonté ne tarderait pas à s'émietter.

« Qu'est-ce que tu vas aller t'enterrer là-bas ? » disait ma mère.

Elle avait accueilli la nouvelle avec accablement, et une fois de plus j'avais dû affronter le mélodrame habituel, justifier mes choix de vie, la rassurer en lui disant ne t'inquiète pas, je t'amènerai Colombe pendant les vacances, et puis toi aussi tu pourras venir, on te préparera une chambre, tu seras la bienvenue.

Elle haussait les épaules.

« Et comment tu crois que tu t'en tireras, les jours où tu auras besoin de quelqu'un pour prendre le relais et qu'il n'y aura personne pour t'aider ? Tu comprends ça, personne ? »

Je pensais à tout cela, quand le panneau indiquant la direction de Guelbsheim m'apparut pour la première fois. Juste après, c'est Breisach qui s'annonçait, le Rhin et ses écluses, l'ancien poste de douane ; l'Allemagne, pour de bon. « Guelbsheim ». Je me répétais le nom de ce lieu étrange, auquel s'associait en moi un imaginaire de bout du monde, ville endormie sous la brume, à l'urbanisme vaguement germanique, façades en briques, pignons et oriels, atmosphère feutrée et languissante comme dans les romans de Thomas Mann. Derrière moi, Colombe de temps à autre tressaillait, entrouvrait les paupières, puis de nouveau laissait lourdement tomber sa tête sur son épaule. Ses cheveux collaient à ses tempes. Qu'elle tienne encore un peu, me disais-je, on y est presque. Mes yeux guettaient fébrilement son réveil en même temps que la route du GPS. C'était la première fois que je venais dans la région. De l'Alsace, je ne connaissais rien sinon les images de carte postale, cigognes, winstubs et maisons à colombages. Je m'attendais à des villages pittoresques à flanc de coteau, surplombés de vignes et de châteaux en ruine. Mais à mesure que je m'approchais de Guelbsheim, le paysage s'aplanissait ; les champs de maïs s'étendaient de part et d'autre de la nationale. Bien plus tard, je découvrirais cette distinction entre l'Alsace du vignoble – celle des riches agriculteurs et des petites villes cossues –, et ce qu'on appelait ici « la plaine », industrielle et populaire.

Tandis que j'entrais dans la ville, je pris conscience du fossé qui séparait mes représentations de la réalité. Nul charme germanique ici, nul envoûtement comme dans les romans de Thomas Mann. Tout ici était lourd, compact. Horizon découpé d'un côté par les bâtiments cubiques des casernes laissées à l'abandon, de l'autre par les lignes verticales des cheminées de l'usine. Je l'apprendrais plus tard à travers les innombrables promenades qui occuperaient mes journées : la commune devait son développement au régiment du génie dissous dans les années quatre-vingt-dix, puis à l'implantation de l'usine de fabrication de turbines qui venait de recruter Antoine. Les vagues d'embauches successives avaient fait pousser des îlots de lotissements tout autour du vieux village puis de la zone commerciale. C'est dans l'un d'eux qu'Antoine m'avait donné rendez-vous : après quelques semaines de recherche, il avait enfin trouvé la maison qui nous accueillerait d'ici l'été.

Coquet pavillon dans quartier tranquille, disait l'annonce, écoles et commerces à proximité. Malgré mes réticences pour les lotissements, tant ils me rappelaient mon enfance à Auboué, Antoine n'avait guère trouvé mieux : dans la région, les offres étaient limitées, et les biens partaient vite, pris d'assaut par les frontaliers.

Je me souviens encore de notre arrivée en fin d'après-midi, la rue silencieuse, bruits d'arrosage sur les pelouses, ballon de basket résonnant sur un bitume voisin. Mêmes constructions d'héritage giscardien que dans le quartier d'Auboué où j'ai grandi. La maison date des années soixante-dix. Murs en crépi rose. Toit pentu et volets de bois sombre. Je me gare à une dizaine de mètres. Devant le portail, une dame attend déjà, sans doute l'agente immobilière. Visiblement, Antoine est plus en retard que moi. Un coup d'œil à mon portable me le confirme : « Imprévu à l'usine, ne m'attends pas pour la visite, au pire je vous rejoins ce soir au studio, bisous. » Au loin, la dame me fait signe. Il fait une chaleur poisseuse, j'ai roulé tout l'après-midi et mes habits sont moites. La voiture empeste l'essence et la sueur. Pendant un court instant, je sens la fatigue m'étourdir ; je ferme les yeux, tente de rassembler mes forces pour gérer la suite, visiter la maison et m'occuper des papiers, seule avec une enfant épuisée et potentiellement ingérable. Je sais que le moment qui va suivre sera délicat : réveiller Colombe en douceur, lui annoncer qu'on est arrivées, oh regarde comme elle est belle la maison, et non désolée papa n'est pas encore là, l'implorer d'être bien sage quand maman sera avec la dame. Allez, Sylvia, tiens bon. Mais à peine ai-je le temps de me retourner qu'un gémissement éraillé crisse dans mes oreilles.

— Coucou, ma puce, on est arrivées...

Et déjà ses pieds tambourinent, cognent le siège avant et me labourent le dos.

— Tout va bien, Colombe, tout va bien.

Elle hurle, si fort que je me demande si elle est bien réveillée ou si c'est une terreur comme elle en a parfois dans son sommeil. Je sors, ouvre la porte arrière, elle est en nage, son siège est trempé, et à l'odeur âcre je comprends qu'elle s'est pissé dessus.

— Colombe, ma puce, calme-toi.

J'essaye de débloquer la ceinture, la sortir et la prendre dans mes bras, mais elle résiste, continue de taper des pieds, agite ses mains comme si plus rien n'était capable de l'endiguer.

— Quelque chose ne va pas ?

La dame s'est approchée de la voiture, je sens son regard, ce jugement silencieux dont je ne sais pas s'il se porte sur ma fille ou sur moi.

— Rien de grave, le voyage a été long.

Les minutes passent, insensiblement mes mains se crispent autour de ses petits bras, et dans une dernière force l'arrachent du siège, la traînent hors de la voiture. Envie de hurler moi aussi. Mais parce qu'il y a cette dame derrière moi, et tout autour les regards des voisins que je devine, cachés derrière leurs haies de troènes, je me retiens. Mes bras l'enserrent, la supplient de se taire, de toute leur poigne la contiennent.

De notre premier contact avec Guelbsheim, voilà l'image qui me revient cette nuit, à l'hôpital : Colombe en furie sur le trottoir, déchirant de ses cris le calme du lotissement, et moi la tenant à bout de bras.

Étrange présage des deux années qui suivraient.

XII

Premier été à Guelbsheim. Je me rappelle les nuits sans fraîcheur sous les combles, le boucan des scooters pétaradant dans le quartier jusqu'à minuit, et mon sommeil qui s'effritait. Le moindre accroc dans le silence me réveillait en sursaut, et il me fallait plusieurs secondes pour retrouver mes repères dans la touffeur de la chambre. Je me levais, allais voir Colombe dans son lit. Pendant un instant, je regardais son petit corps encore secoué de spasmes infimes – un tressaillement de la main, une tempe qui battait – comme si quelque chose en elle restait alerte, inapaisé. Jusque dans notre sommeil, dans cette maison hostile, toutes les deux nous étions sur nos gardes.

Comme à l'époque de mes premières insomnies, je savais qu'une fois levée je ne pourrais me rendormir avant une poignée d'heures. J'errais d'une pièce à l'autre, louvoyant entre les pans de meubles en cours de montage, enjambant les cartons éventrés sur le carrelage. J'essayais de m'approprier les lieux, de les laisser m'envelopper. Imaginer ce que deviendrait cette maison une fois que tout y serait à sa place.

Peut-être qu'après un bon ménage, quelques transformations, une décoration plus actuelle, il y ferait bon vivre. Peut-être qu'un jour nous serions heureux ici, que les amis viendraient pour les vacances, qu'il y aurait comme à Saint-Valery de grandes tablées sur la terrasse et des chambres peuplées d'enfants. Mais pour l'heure, je ne voyais rien d'autre qu'un pavillon de facture médiocre, à l'isolation précaire, dont l'odeur rance mêlée de poussière et d'humidité faisait ressurgir en moi le souvenir d'Auboué.

Et soudain je me revoyais, petite fille immobile dans le salon pendant que ma mère dormait dans sa chambre. Le vertige revenait. S'enroulait dans mon ventre. Me dissolvait. Parfois, quand je la laissais faire, l'angoisse montait en moi, qu'est-ce que je fous ici putain, envie de me barrer, rentrer à Metz, tout laisser derrière moi – mais je résistais. Je me rappelais ce qui nous avait conduits ici. Cette opportunité de carrière tant attendue pour Antoine. Et surtout, je pensais à l'aberrante possibilité de me retrouver mère célibataire, Colombe loin de son père comme je l'avais été, bien trop petite pour subir ça – et puis moi-même d'ailleurs, il fallait se l'avouer, incapable de vivre sans lui, perdue sans le socle qui me portait. Au fond, je préférais Guelbsheim, son ennui et son silence, plutôt que de renoncer au rêve pour lequel j'avais tant sacrifié : réussir ma famille.

Alors j'allais me recoucher, mettre à profit les dernières heures de la nuit pour recharger mes batteries. Car à l'aube, quand les petits pas de Colombe s'égrenaient sur le carrelage pour venir jusqu'à moi, et que je sentais sur mon visage son souffle chaud me réclamant un cacao, je savais qu'il me faudrait réunir toutes mes forces pour la journée qui s'annonçait.

Antoine partait le matin à huit heures, rentrait le soir à vingt. Entre ces deux mouvements de porte, il n'y avait rien d'autre que l'attente et la chaleur ; Colombe en culotte sur le canapé, yeux cernés, reniflant son Pierrot avec une énergie quasi compulsive. Du matin au soir, il faisait une chaleur d'étoupe, si bien que l'on restait enfermées toute la journée, volets clos, dans une pénombre striée de lumière poudreuse. Au début, je proposais à Colombe de jouer dans sa chambre, de dessiner ou de m'aider pendant que je rangeais la maison. Et puis, par facilité, j'allumais la télé, une demi-heure, une heure – et la journée s'étirait, comme engourdie, dans les bruits de dessins animés et le ronronnement lointain des tondeuses à gazon.

Nous n'avions jamais été aussi seules. Mais de ce royaume où nous étions tenues prisonnières, nous étions aussi les reines – et il arrivait parfois, dans notre isolement, des moments de grâce absolue. « Tu mets la musique, maman ? » Dans le salon encore en désordre, on se défoulait, petits rats grotesques sur l'air de *Papageno*, lamantins au ralenti sur le générique du *Grand Bleu*, et on terminait en beauté avec Iggy Pop et les Rolling Stones, gratte imaginaire entre les mains, secouant la tête pour faire danser nos cheveux. Ou alors, avec des draps et des pinces à linge, on se fabriquait des cabanes, et sa chambre prenait des allures de campement touareg, de labyrinthe de tissus qu'on finissait toujours par faire voler. On inventait des histoires où les Lego et les Playmobil se livraient des guerres de territoire ; où les Barbie se crêpaient le chignon et devenaient hystériques. On faisait la bagarre pour de faux, front contre front, poings serrés, oreillers prêts à être dégainés, regard de tueur mais sourire en coin à deux doigts de partir en fou rire. À la fin, on s'affalait sur le lit, et quand on ne savait plus quoi faire, on jouait à ni « oui ni non » : « Tu m'aimes, maman ? », je disais « Ben oui, ma puce » – et c'est comme ça, toujours, que je me faisais avoir.

Mais le soir, avant le retour d'Antoine, les choses dégénéraient. C'est là, à l'heure du bain ou du repas, qu'elle ressurgissait sans prévenir : la Tempête. La tension accumulée pendant la journée finissait par crever d'un coup, comme si d'avoir traîné tout cet ennui nous avait l'une comme l'autre vidées d'énergie. Pour la première fois depuis ma dépression, je sentais ma patience s'étioler. Les hurlements de Colombe, que les médicaments m'avaient aidée jusqu'à présent à laisser glisser sur moi, s'enfonçaient de nouveau en moi comme des lames. Je lui criais de ne pas crier. La serrais plus fort quand elle me résistait. La menaçais de représailles, plus de bagarre, plus de télé, fini, tu vas voir ce que tu vas voir. Dans ces moments-là, l'envie me prenait de céder à la colère moi aussi, l'accueillir, la laisser tout exploser. Mais face à moi, il n'y avait qu'elle. Petit être de presque trois ans, treize kilos, haute comme trois pommes. À cette époque, il devait me rester quelque part un fond d'énergie ou de lucidité. La fragilité de Colombe, la conscience qu'elle n'y était pour rien, me ramenait encore à la raison.

Comme toujours, je tenais bon, la contenais dans mes bras jusqu'à ce qu'elle se calme, lui donnais son bain, préparais le dîner – et quand Antoine rentrait enfin, crevé, vidé, mais fort satisfait de sa journée de travail, claironnant « Alors, mes femmes, ça se passe bien les vacances ? », il n'y avait rien à dire de plus. Le combat était fini.

En août, Adèle et Rose vinrent passer une semaine à la maison. Dorénavant, nous le savions, elles ne nous rendraient plus visite que pendant les vacances. Elles étaient déjà presque nubiles, les jambes comme des échasses, les cous de cygne surmontés de petites têtes insolentes qui scrutaient tout autour d'elles en se demandant ce que leur père pouvait bien foutre ici. Comme toujours, Colombe passait son temps à essayer d'attirer leur attention – quitte à être exécrable quand elle comprenait qu'elle n'y parviendrait pas. Pourtant, chaque jour je lui rappelais mes mots d'ordre : « Tu seras sage, hein ? Tu ne les embêteras pas trop ? » Mais cela finissait toujours en crises, et chaque crise me faisait passer pour une incapable, tantôt laxiste tantôt autoritaire. Assises côte à côte autour de la table, Adèle et Rose fixaient cette petite créature insolente censée être leur sœur. Puis elles allaient s'enfermer dans leur chambre et ne réapparaissaient qu'au repas suivant. Elles passèrent les vacances ainsi : invisibles et mutiques – s'effaçant comme dans un mouvement inverse à celui de Colombe.

Et puis l'été prit fin, et en septembre, Coco rentra à la petite école.

Les horaires, huit heures – onze heures trente, me laissaient les matinées. Espace inespéré de solitude et de respiration, sans enfant ni cours à donner, comme je n'en avais plus fait l'expérience depuis ma grossesse.

J'avais envie de me remettre au travail. Terminer ce que la naissance de Colombe, puis ma dépression, avaient laissé inachevé. J'avais un an devant moi, un an avant de réintégrer l'Éducation nationale, de retrouver un lycée et le rythme des doubles journées, boulot et vie de famille, gestion de classe et gestion domestique. Un an pour prendre le temps de lire, de réfléchir, un an pour renouer avec les phrases de Woolf et retrouver la satisfaction du travail accompli. J'envoyai un mail à mon ancienne directrice de thèse, pour l'informer de mon intention de terminer mon travail. À ma surprise, elle me répondit sans tarder : heureuse d'avoir de vos nouvelles, Sylvia, l'Alsace quelle belle région, je me réjouis de vous savoir de nouveau au travail, tenez-moi au courant. La rapidité de sa réponse me laissa croire un instant que tout n'était peut-être pas perdu. Oh, je ne me faisais pas d'illusions sur mes chances de réintégrer un jour le milieu universitaire. Mes ambitions étaient depuis longtemps déjà rangées au placard. Tout ce qui comptait, c'était aller au bout de ce que j'avais laissé en plan avant Colombe. Me prouver à moi-même que je pouvais être autre chose qu'une petite épouse d'ingénieur condamnée à la vie au foyer.

Je m'aménageai un bureau dans un recoin du salon. Une table sur tréteaux devant la fenêtre, donnant sur les troènes des voisins ; une pile de livres, un ordinateur et du thé à la bergamote : tout était réuni. J'allais me remettre en mouvement. Retrouver la cadence d'autrefois, ce rythme productif qui pouvait me faire passer des heures immergée dans mon travail, tout oublier du monde extérieur jusqu'à me rompre le dos et me bousiller les yeux. Trois heures trente rien qu'à moi : c'était court et énorme à la fois. Une parenthèse. L'espace-temps suspendu loin de Guelbsheim, loin des courses à faire et du repas à préparer, loin de Colombe qu'il faudrait récupérer à l'école puis occuper tout l'après-midi, loin de cette vie atone qui sitôt reprise, je le savais, ne me laisserait ensuite plus d'espace de pensée.

J'essayais, tant bien que mal, de remettre en route mes mécanismes un peu rouillés d'ancienne étudiante. J'avais beaucoup perdu en trois ans : mon vocabulaire s'était appauvri, mon esprit s'embrouillait dans les enchevêtrements de la syntaxe. Je peinais. Et surtout, ma concentration se diluait. Impossible de rester fixée dix minutes sur une page sans que mes pensées se désagrègent comme des atomes en ébullition. Les mots m'étaient hermétiques. Je n'arrivais plus à les percer, à entrer en eux, à me fondre dans le rythme des phrases. Tout me devenait opaque. Souvent, au lieu de résister, de redoubler mes efforts, je me levais, allais pendre le linge dans la chaufferie, lançais la cuisson d'une bolognaise ou rangeais les jouets de Colombe dispersés dans le salon. Gestes faciles, automatiques, exécutés sans conscience. Je pensais que cela m'aérerait l'esprit, qu'en me remettant au travail j'y verrais plus clair. Mais la matinée finissait par me filer entre les doigts, et à peine avais-je eu l'impression de commencer que c'était déjà l'heure d'aller chercher la petite.

Alors je sortais, traversais le lotissement, longeais le terrain vague derrière lequel se profilaient les anciennes casernes et j'arrivais à l'école. Dispersées dans la cour, c'étaient les mêmes silhouettes que je retrouvais chaque jour, nounous ou mamans, presque jamais d'hommes, plantées là comme des statues, visages marmoréens figés au-dessus de leur portable comme pour mieux se planquer. Quelques-unes se regroupaient, clans bien identifiés dont je surprenais parfois les conversations, considérations météorologiques, nouvelles du petit dernier, griefs contre la maîtresse – et je sentais, après avoir passé des heures à déchiffrer des phrases absconses, combien il me serait facile à mon tour de me laisser aller à ce langage, de me contenter de ces mots terre à terre, sans abstraction ni poésie. De loin, je les observais, ces femmes un peu ternies, yeux creusés, cheveux noués en queue-de-cheval, j'observais leurs ventres flasques sous les tee-shirts, leurs mollets épais comme pour les arrimer plus solidement à la vie ; et derrière elles c'est tout un monde que je devinais, celui des intérieurs en désordre, des nuits entrecoupées et des journées qui traînent, celui des écrans allumés par facilité, des cris qui sortent tout seuls, de la fatigue qui englue.

Et puis, soudain, derrière la porte transparente ornée de peintures acidulées, l'effervescence commençait : on devinait de petites têtes, des pieds qui maladroitement enfilaient leurs chaussures, des affolements pour des affaires perdues. Comme toutes les mamans, je guettais au milieu de cette horde de créatures laquelle était la mienne, secouais la main ou envoyais des baisers quand elle m'avait à son tour reconnue. Et en même temps, dans mon ventre, quelque chose se nouait.

J'attendais fébrilement que la porte s'ouvre. Car sitôt que la maîtresse prononçait le nom de Colombe, l'autorisant ainsi à sortir, sitôt qu'elle se ruait sur moi en s'époumonant « Maman ! », je savais que mon répit était fini. De toute son énergie d'enfant, Colombe m'extirpait de moi-même et me projetait à nouveau dans le réel.

De l'automne et de l'hiver qui ont suivi, je n'ai gardé que des souvenirs informes. Qu'avons-nous fait à la Toussaint et à Noël cette année-là ? Les grandes sont-elles venues pour les vacances ? Je suis devenue amnésique.

Tout ce dont je me souviens, c'est qu'il a fallu attendre février seulement pour revenir en Lorraine.

Ma mère nous accueillit à Auboué pour les deux semaines de vacances. Colombe et moi dormions dans ma chambre où rien n'avait changé, papier peint rose saumon, meubles en pin, illustrations de poulbots encadrées aux murs. Le soir, je m'endormais dans le ronronnement du lave-vaisselle et l'odeur de cheveux de Colombe contre moi, tout comme, enfant, je reniflais mon oreiller pour m'apaiser. Mais à l'aube, dans la confusion du réveil et de la pénombre, pendant quelques secondes je croyais être encore à Guelbsheim. Derrière les rideaux, c'était le même lotissement ensommeillé, les mêmes jardinets prisonniers du givre, la même léthargie. Je me levais, allais rejoindre ma mère dans la cuisine. Les odeurs du café et du frigo se brouillaient en moi et me soulevaient le cœur. J'étouffais.

Dès huit heures, je laissais Colombe à ma mère et je prenais le bus jusqu'à Metz. Pour la première fois depuis près de quatre ans, je retournais à la BU pour avancer sur ma thèse. Mais sitôt installée, la présence d'autres étudiants autour de moi me mettait mal à l'aise. Leur jeunesse et leur ambition me rappelaient à quel point j'avais perdu les miennes. Assise au milieu d'eux, je peinais à me concentrer. La sensation du matin persistait encore, cette espèce de nausée au bord des lèvres, l'impression étrange de me liquéfier. Comme je n'étais pas plus productive ici qu'à la maison, au bout de deux à trois heures, je m'en allais. J'errais sans but dans la ville. Je voulais en retrouver les sensations, cette vibration qui me manquait tant et dont j'attendais qu'elle me réveille. Mais j'étais trop épuisée pour poursuivre ma course. Moi qui, autrefois, parcourais les rues d'un pas leste, je me découvrais lourde, ballante. Plus rien ne s'imprimait en moi. Alors je reprenais le bus et je somnolais jusqu'à Auboué, vaguement coupable du gâchis de la journée.

Quand est-ce que je compris, exactement, que j'étais enceinte ? Probablement immédiatement, tant mon corps était devenu soudain sensible – mamelons couleur aubergine, estomac en vrac, apathie générale, tout ce bourgeonnement que j'avais attendu pour Colombe et qui ne s'était finalement jamais manifesté.

Cette fois, je le sus d'instinct, comme une évidence : le bébé était là. J'avais de sa présence une conscience prégnante mais informulée, presque inintelligible, comme si cette grossesse s'était lovée dans un territoire secret en moi. Rien de rationnel là-dedans : depuis longtemps Antoine et moi nous étions mis d'accord pour ne plus avoir d'enfant – lui trop vieux disait-il, et moi incapable de me représenter autrement que maman de Colombe, exclusivement, Colombe que j'avais appris à aimer avec tant d'arrachement, Colombe dont je m'étais si remplie qu'il n'y avait maintenant plus d'amour de disponible pour personne. Et pourtant, au-delà de toute explication, l'autre bébé était là.

« Oh, tu as mauvaise mine », disait ma mère comme si elle soupçonnait quelque chose.

Et Colombe aussi, mystérieusement, semblait avoir compris, se serrait plus fort contre moi la nuit, s'accrochait quand je la quittais le matin, refusait que je la laisse.

Mais tous les jours, je repartais.

Je savais que les journées seraient stériles, que je n'avancerais pas plus sur mon travail, que retourner à Metz ne me sortirait pas davantage de ma léthargie. Mais je savais aussi que ces jours de solitude seraient peut-être les derniers avant longtemps, qu'il fallait les retenir, les faire durer le plus longtemps possible, avant de reprendre à Guelsheim ma vie de mère. Je n'allais même plus à la bibliothèque ; je traînais dans des boutiques, m'assoupissais dans des cafés. Je me laissais faire. Sans résistance. J'attendais. De temps à autre, je relisais le message que ma directrice m'avait envoyé au début de la deuxième semaine *(« Chère Sylvia, désolée de ma réponse tardive, je rentre d'un colloque à Cambridge, si vous êtes dans le coin bien sûr qu'on peut se voir, passez à mon bureau vendredi, on parlera de votre travail »)*, je le relisais encore et encore, remettant à plus tard le moment de lui répondre, et puis je laissais filer le temps, dans cette atonie étrange et quasi hypnotique – jusqu'au vendredi en question, dernier jour à Metz, où mes errances m'amenèrent devant les portes du campus. Pendant de longues minutes, je restai là, sur le parvis, au milieu du flot d'étudiants, les mêmes peut-être que j'avais croisés à la bibliothèque, les mêmes auxquels j'avais autrefois enseigné, et dont j'avais aussi fait partie, il y a plus longtemps encore. J'observai leur allure nerveuse et empressée, leur air exalté, pleins d'orgueilleuse jeunesse. Et quand je fus bien sûre qu'il ne restait plus rien en moi de cette Sylvia-là, celle qui avait partagé leur fièvre et leur idéalisme, alors seulement je passai mon chemin.

Le lendemain, après un après-midi de route, de retour à Guelbsheim je m'empressai de vider dans un carton tout ce que me restait de ma thèse – avec cette espèce de rage mêlée de soulagement qu'on met à détruire ce qu'on est.

XIII

Je n'ai pas *attendu* Jacob.

Je n'ai pas compté avec attendrissement ses coups de pied contre ma peau, ni massé mon ventre d'huile d'argan en lui chantant des comptines ; je ne lui ai pas lu d'histoires en anglais, ni pris de cours d'haptonomie, ni écouté de grands classiques dans le but de l'éveiller à la musique ; je ne lui ai même pas préparé de chambre ni choisi avec soin sa future layette. Ma grossesse était accessoire, secondaire ; je ne m'y complaisais pas. C'est à peine si j'y pensais. Tout ce qui me reste de ces mois, c'est le souvenir de mes luttes avec Colombe. Ses crises sans fin. L'application méthodique avec laquelle elle me signifiait mes défaillances et me poussait à bout.

Si je n'ai pas attendu Jacob, c'est aussi car il n'y en avait nul besoin : Jacob était là. Sa présence, comme elle s'était intuitivement révélée à moi aux prémices de la grossesse, continuait de grandir avec la même évidence. Quelque chose en moi savait que, contrairement à Colombe, il serait facile de l'aimer, et que cet amour se passait aisément d'effusions, de marques démonstratives, de fantasmes ou d'inquiétudes ; qu'il se suffisait à lui-même, confiant, serein.

Pendant les semaines qui ont suivi, et au-delà, parfois même encore aujourd'hui, je n'ai cessé de me demander si c'était cela, avoir *un préféré* ; et quelle était la manière la plus adéquate de compenser vis-à-vis de Colombe cette terrible injustice.

Aussi ne me suis-je consacrée qu'à elle.

Je l'ai gâtée, plus qu'avant encore, pour ne rien laisser transparaître de la trahison dont j'étais coupable ; et plus je la gâtais, plus elle résistait, devenait teigneuse, insupportable, me rappelant ainsi combien notre relation pouvait être rugueuse et complexe, comme si elle attendait que je perde patience et que j'explose pour me lancer au visage : « Ah tu vois, maman, tu m'aimes moins que lui. »

De ces quelques mois qui ont précédé la naissance, je me souviens de la transformation insidieuse qui faisait de Colombe, chaque jour un peu plus, une enfant renfrognée et ingrate. Son corps lui-même n'était plus celui d'un bébé, rond et velouté ; il s'allongeait, devenait sec et osseux, si bien que j'accueillais parfois ses câlins avec réserve. Je la revois, guiboles cagneuses, cheveux emmêlés qu'elle refusait de coiffer, vêtements toujours tachés – enfant sauvage, petite souillon comme dans les contes – comme si elle cherchait jusque dans son manque de soin à se faire désaimer de moi. Elle régressait, suçait son pouce, pissait dans sa culotte, alignait patiemment ses crottes de nez comme des trophées sur les rebords de son lit. Elle se lavait comme un petit rongeur, trois coups de gant de toilette et hop fini. « C'est dégoûtant, disais-je ; quand vas-tu enfin devenir propre ? » Parfois j'avais honte d'elle. Honte quand je voyais à la sortie de l'école ses petites camarades gracieuses et bien tressées, mêmes visages de poupées qu'Adèle et Rose, et dont j'aurais tant rêvé qu'elles fussent ses amies. Mais Colombe était solitaire. Barbare. Elle jouait comme les garçons, toujours pieds nus en ces journées d'été, la peau cramée, poussiéreuse. J'essayais de la dompter, malgré ses cris la retenais contre mes genoux pour la coiffer, et de gré ou de force je passais la brosse sur ses cheveux. Elle hurlait, se débattait, me suppliait d'arrêter ; mais je continuais, convaincue que c'était bien le minimum, qu'il fallait que je me fasse obéir, que si je cédais à cela alors tout partirait à vau-l'eau – et parfois, insensiblement, mes doigts se crispaient un peu plus autour de sa chevelure, tiraient plus fort à mesure que ses cris m'éraillaient les oreilles. « Si tu continues comme ça, je vais tout couper ! » aboyais-je – et à ces mots, soudain, je me revoyais petite fille, coupe au bol, frange droite au-dessus des sourcils ; vilaine ; je me souvenais de ma mère exécutant ses menaces, m'interdisant d'être belle comme pour mieux me punir, et de cette rage qui montait en moi, prête à déflagrer. Alors seulement, je m'arrêtais, posais la brosse et la laissais filer.

Deuxième été en Alsace.

Après plusieurs semaines de recherche, nous l'avons enfin trouvée : la maison familiale, celle dans laquelle on va accueillir notre nouvelle tribu de quatre. Bientôt, enfin, nous quitterons Guelbsheim, ses lotissements et ses champs de maïs, son horizon de casernes et de cheminées industrielles : c'est dans le vignoble que nous allons vivre. Je me le répète comme s'il s'agissait d'une promotion, d'une ascension sociale. « Le vignoble ». Je passe et repasse en revue les photos de l'annonce : la bâtisse du XVIIIe, colombages et poutres apparentes, cave voûtée, et surtout ce jardin en terrasse qui donne sur les pans de vignes et les courtines d'un château médiéval. Cette fois, c'est moi qui dis à Antoine : « Tu verras, on sera bien là-bas. » Car j'en suis convaincue : c'est l'air de Guelbsheim qui nous étouffe, cette vie engourdie, ces jours qui se suivent et se ressemblent. Je n'ai qu'une hâte, partir d'ici – comme s'il suffisait de changer de lieu pour faire de moi une autre mère, plus aimante, plus épanouie. Une mère réussie, comme sur les images mouchetées de ces blogs qui me fascinaient tant.

Mais il va falloir prendre mon mal en patience : dans la nouvelle maison, tout ou presque est à refaire. Il y en a pour des mois de rénovation. Le soir, le week-end, Antoine fait l'aller-retour jusqu'au chantier, à trente kilomètres, supervise l'avancée des travaux, met lui-même la main à la pâte. On ne le voit plus. Bien vite, je comprends que c'est cela, le prix à payer pour mon caprice : gérer le reste. Faire sans lui.

Et c'est comme ça que l'été passe.

J'ai demandé à ma mère de prendre Colombe chez elle quelques jours pour me soulager un peu. Mais à son retour, c'est le même ennui que l'an dernier.

Mêmes journées stériles, appesanties par la chaleur. « Maman, maman, tu viens jouer avec moi ! » Mais maman est fatiguée. Maman est enceinte, alors pas de jeux brusques s'il te plaît, il faut faire attention. Je fais passer le temps ; j'essaye de la contenir. Mais Colombe rumine, tourne en rond comme un fauve en cage. Besoin de galoper, d'être secouée, de sentir la vie la cogner. Elle s'impatiente, court et piaule à tout-va, sourde à tous mes appels au calme. « Doucement, Coco, doucement. » Elle me rit au nez, petite effrontée, s'agrippe à moi, m'escalade et me bouscule, et je sens sur ma nuque le contact de ses petits doigts frais et graciles, qui m'agacent et me hérissent. « Arrête veux-tu ? Allez, viens, on sort. » Malgré la chaleur, je la suis jusqu'au parc où je la laisse se défouler. J'attends qu'elle s'épuise, qu'elle se décharge de toute la tension accumulée ; mais je sais que si j'attends trop longtemps, si je dépasse le seuil au-delà duquel la fatigue la rendra d'une seconde à l'autre impossible à gérer, il faudra rentrer dans les cris, la tirer à bout de bras, parfois même la porter alors qu'elle se débat. Oh, elle ne pèse presque rien, un oiseau, une plume – et pourtant elle est si tenace, elle me résiste avec tant de poigne que mon corps me rappelle à moi. Chaque jour, ce ventre que j'ignore me pèse un peu plus. Je sens une douleur métallique, quelque chose de dur et de noueux qui vient régulièrement le crisper. Je n'en tiens pas compte. Et ma douleur, c'est contre Colombe que je la crache.

Je deviens harpie. Sorcière. Mon visage à deux centimètres du sien, je lui hurle d'arrêter.

Je la secoue. Mains vissées autour de ses bras. Parfois mes mains partent toutes seules, claquent sur ses mains, ses fesses, même ses joues. Parfois ça hurle si fort en moi que ça me fait presque du bien de lui faire mal. Je perds la conscience de sa fragilité, de ses trois ans. Elle n'est plus mon enfant, mais cette force contre laquelle je dois me battre.

« Tais-toi ! Tais-toi ! »

La jette dans sa chambre, referme la porte derrière elle.

Ses pieds tambourinent, longtemps, contre mon dos qui maintient la porte fermée. Quand je l'ouvre, une fois les cris affaiblis, elle hoquette, voûtée sur elle-même, le visage caché, le regard fuyant. Parfois, de rage, ou de peur je ne sais pas, elle s'est pissé dessus.

— Excuse-moi, ma puce, je n'aurais pas dû m'emporter comme ça, allez viens on fait un câlin.

Mais à mon contact ses muscles se tendent encore davantage.

— Je t'aime pas, je t'aime pas, je t'aime pas !!!

Chaque soir, à la vue de son visage tuméfié par les pleurs, de ses petits bras rougis, de son corps minuscule que je ne sais plus consoler, je me jure de reprendre mes esprits, d'être plus patiente, plus indulgente, de ne plus crier. Promis, promis, demain maman sera gentille, tu verras. Mais chaque jour les murs se referment un peu plus sur nous deux, chaque jour Antoine rentre plus tard du chantier, et chaque jour mon ventre se durcit davantage comme une coque autour de Jacob.

De ces violences, je ne dis rien à personne. Rien à Antoine qui en fait déjà tellement. Rien à ma mère qui me jugerait. Rien aux amis que je n'ai plus. Il faudrait trouver un psy par ici, tous les jours je me dis ça, mais pas le temps de m'en occuper, pas l'énergie de chercher, et puis hors de question de reprendre des médicaments avant la fin de ma grossesse. Alors, je serre les dents. Personne ne sait ce qui se passe de l'autre côté des murs. Les voisins, sans doute, perçoivent nos cris qui s'étranglent dans la maison, mais nul ne s'en inquiète. J'évite au possible de croiser leurs regards ; je file, je ne parle à personne. Un jour seulement, je manque de craquer chez le généraliste. Il trouve mon ventre un peu dur, me dit de me ménager. Je lui réponds, avec la petite c'est compliqué. Sans lui avouer tout ce qui se passe réellement chez nous, j'ose lui dire que je ne m'en sors pas, que j'ai des accès de colère, que parfois je me fais peur.

— Oh, entre nous, répond-il, j'en vois passer des cassos dans mon cabinet, des gens sans éducation. C'est pas votre genre, croyez-moi.

Après tout, qui pourrait soupçonner quoi que ce soit dans cette famille où la fille s'appelle « Colombe », où le père est ingénieur et la mère enseignante ? Qui pourrait croire que, dans notre maison, couve une violence quotidienne, usuelle, de celles qu'ailleurs peut-être on appellerait *maltraitance* ?

Tant pis, je continue. Je vis au-dessus de mon corps, au-dessus de la fatigue, au-dessus de moi-même. Les jours s'enchaînent. Automatismes. Survie. Je me dis que je me reposerai plus tard, quand Colombe reprendra l'école et que je serai seule à la maison, je me dis qu'alors il sera temps de penser au bébé, de caresser mon ventre, de lui chanter des chansons et de préparer sa chambre. Et puis septembre arrive, Colombe rentre chez les moyens, je croyais souffler mais tous les matins il faut lutter, encore. Elle refuse de s'habiller, l'heure tourne et je la plaque au sol pour lui enfiler ses vêtements, elle se démène, nos corps s'empoignent, se heurtent et résistent l'un à l'autre ; c'est à qui aura le dessus. Elle refuse d'y aller, je la traîne, la porte jusqu'à la voiture, son corps en travers de mes bras, l'attache de force tandis que ses pieds moulinent dans tous les sens. Tu vas te taire oui, je hurle, je ne sais plus parler que comme ça, par cris, par crachats, dans ma bouche les pensées et les mots se désarticulent, mon langage se délite. Dans les couloirs de l'école elle pleure encore, s'accroche à moi, avachie comme un poids inerte, et sous les yeux des autres parents je perds le contrôle, même plus la force de faire semblant, jouer la mère modèle, je l'arrache de moi, la refourgue à l'ATSEM, la maîtresse me dit « Il faut qu'on se voie, madame, il y a des problèmes avec Colombe », je dis oui oui, on prendra rendez-vous, et je m'éclipse, je l'entends encore crier dans la salle de classe, mais tant pis, bon débarras, je suis partie sans même dire au revoir, ma puce, sans même l'embrasser ni renifler furtivement l'odeur de ses cheveux, mon cœur est fermé et parfois je me dis que je pourrais me barrer pour de bon, ne pas revenir la chercher à midi, disparaître, alors une fois dans la voiture je me mets à chialer, vie de merde, vie de merde, plus de force dans les bras, plus d'espace pour penser, plus d'air à respirer – et c'est comme ça qu'un de ces matins, peu de temps après la rentrée, sans prévenir, quelque chose a craqué, quelque chose a cédé, dans un bruit sec et une sensation humide que je n'ai d'abord pas reconnue, ou pas voulu reconnaître – et quand de retour à la maison je me suis levée, j'ai compris à la flaque qui trempait le siège, au liquide tiède qui dégoulinait entre mes jambes, j'ai compris que le répit était fini, que malgré mes sept mois de grossesse le bébé allait naître aujourd'hui, et que c'était peut-être le seul moyen qu'il avait trouvé pour me dire : « Arrête ça. Calme-toi. Moi aussi, je suis là. »

La nuit

Assise sous la lumière blafarde du néon, Sylvia attend sa fille.

Aucune nouvelle depuis six heures. Ses appels et ses textos résonnent dans le vide : volontairement ou non, le portable de Colombe est resté sur son lit. Elle ne s'en est rendu compte que bien plus tard, en faisant les cent pas dans la maison. Pas moyen non plus d'avoir Eliot ou Alba : à chaque appel, elle tombe systématiquement sur une messagerie. C'est comme s'ils s'étaient dissous, volatilisés en pleine nuit.

— Oh ne t'en fais pas, a dit Antoine, ils sont sûrement allés en boîte. Elle rentrera demain matin. Elle a vingt ans, ne l'oublie pas.

Vingt ans. Comment Sylvia avait-elle pu songer qu'il en serait autrement, qu'elle aurait Colombe toute à elle ce week-end ? Elle l'imagine, se défoulant avec ses potes, corps trempé, sonnée par l'alcool et la musique, piétinant allègrement la journée lisse et duveteuse que sa mère lui avait concoctée.

— Allez, viens te coucher, a dit Antoine il y a une heure, avant de monter.

Hors de question.

Elle l'attendra ici. Vaille que vaille, se refusant au sommeil.

Autour d'elle, tout est en ordre. Lave-vaisselle vidé, plan de travail nettoyé, restes consciencieusement répartis dans le frigo. C'est ce qu'elle a trouvé à faire pour ne pas ruminer. Et maintenant, c'est comme si tout était revenu au point de départ, comme si cette journée n'avait pas vraiment eu lieu. Les invités sont partis, sa mère la première bien entendu (« Toutes ces histoires moi ça m'épuise, appelle-moi quand elle sera rentrée, je ne suis pas rassurée »), puis Caro, Joshua et leurs conjoints ont repris la route à leur tour (« Allez va, ne t'en fais pas, elle va se calmer »). Excédée sans doute par le climat familial, Rose est montée dans sa chambre et on ne l'a pas revue de la soirée. Seule Adèle est restée avec eux, par courtoisie comme toujours, mais visiblement, elle n'en pense pas moins. Après avoir couché Charlotte, elle est venue aider sa belle-mère à essuyer la vaisselle. Pendant un instant, Sylvia a cru trouver dans ce geste un possible rapprochement. Elle a commencé à s'apitoyer un peu, qu'est-ce qui lui a pris bon sang, est-ce que j'ai fait quelque chose de mal, quel gâchis cette journée, c'est tellement dommage pour vous tous qui avez fait le déplacement – espérant peut-être qu'elle la rassurerait, en fille aînée bonne et raisonnable. Mais il n'en a rien été. Une fois la vaisselle essuyée, quand Adèle a plié soigneusement le torchon sur la table, puis a levé ses yeux noisette en soupirant simplement « Que veux-tu ? C'est Colombe, on la connaît », Sylvia a compris : il n'y avait rien à recevoir d'elle.

Seul Jacob est encore debout. Elle le devine à sa silhouette oblongue qui depuis tout à l'heure ne fait qu'errer entre la cuisine et le salon : quelque chose le tourmente. Il est comme elle, Jacob, un anxieux, un émotif. Toujours à se sentir coupable, à se demander s'il n'y est pas pour quelque chose dans cette histoire – alors qu'il n'y a pas de cœur plus pur que le sien.

— Allez, mon grand, va te coucher.

— T'es sûre, maman ?

Elle sent glisser au-dessus d'elle l'ombre de son grand corps qui se voûte, et son front s'offrir pudiquement à un baiser, comme quand il était petit.

— Bon ben... bonne nuit alors.

D'un pas traînant d'ado fatigué, il remonte l'escalier jusqu'à sa chambre. Puis, plus rien. Maintenant, la maison dort. La voilà seule, pour de bon.

Elle a pris un café pour tenir. « La nuit va être longue. » Dehors, la pluie continue de ruisseler ; le vent s'acharne, par grandes bourrasques brusques. Tout autour d'elle, elle perçoit des craquements, les murs qui s'étirent comme la coque en bois d'un bateau. Les yeux rivés sur le téléphone, mains crispées l'une à l'autre, elle prend sur elle. Essaye de contenir les vagues d'inquiétude qui roulent dans son ventre depuis tout à l'heure. Elle ressasse, encore et encore, le film de la journée, revoit le visage fermé de Colombe, ce qu'elle avait pris pour une bouderie d'enfant gâtée, mais qui n'était rien de moins, et elle l'a compris trop tard, qu'une profonde tristesse. Elle a beau essayer de rester rationnelle, se dire que tout va bien, qu'elle va rentrer, que ce n'est qu'un coup d'éclat, une trouvaille de plus pour la faire tourner en bourrique – elle a beau se répéter tout ça, elle ne peut s'empêcher de se laisser glisser vers cette angoisse doucereuse, ce vertige familier : l'idée qu'il puisse *arriver quelque chose*.

Elle entrevoit toutes les possibilités. Qu'elle se foute en l'air. Qu'elle se fasse du mal. Qu'elle disparaisse. Elle redoute le pire. L'imagine ivre ou droguée, roulant comme une tarée, défonçant la voiture. Elle la connaît, sait à quel point elle peut se mettre en danger, flirter avec lui par pure provocation. « Elle est comme ça ma Colombe. » Sanguine, imprévisible. Capable de tout faire vriller autour d'elle sur un coup de tête. D'aussi loin qu'elle se souvienne, Sylvia a toujours vécu avec cette menace au-dessus d'elle. Qu'un jour ou l'autre, tout explose.

Parfois, dans ces moments-là, prémonition tragique ou naïve superstition, elle repense à la malédiction qui a touché les femmes de sa famille, ces drames qu'elles ont traversés, la mort, l'abandon, la pauvreté – et elle se dit, voilà : mon tour est venu. Jusqu'ici, elle a été épargnée. À plusieurs reprises, elle a failli tout perdre elle aussi, devenir comme elles une mère éplorée, jusqu'à ce que de justesse le sort la préserve. Et si ce soir, son destin devait rejoindre le leur ?

Et si Colombe ne revenait pas ?

Elle se souvient très exactement du jour où elle a eu pour la première fois cette intuition. C'était il y a seize ans, et, comme aujourd'hui, assise sous des néons blafards, elle attendait des nouvelles de Colombe dans le service de neurochirurgie. Comme toujours chaque fois qu'elle y repense, par un mouvement presque instinctif, elle écarte l'image de son esprit, la broie entre des mains imaginaires. Mais au fond, elle le sait bien : si elle veut comprendre ce qui a rendu Colombe si sombre le jour de ses vingt ans, comprendre la colère qui sourd en elle et qu'elle lui a lancée en plein visage tout à l'heure, si elle veut pouvoir briser la glace quand elle rentrera, ou plus tard peu importe, même s'il lui faut des années pour renouer un jour avec sa fille, alors elle va devoir l'affronter pour de bon, ce souvenir-là. Extraire cette partie d'elle enfouie sous ses airs de mère parfaite, prévenante, irréprochable – et se replonger dans cette nuit de décembre où elle avait déjà failli la perdre.

*

Assise sous la lumière du néon, j'attends ma fille.

Immobile, mains crispées autour du portable. Goût de café dans la bouche. La nuit est longue, étrange. Le calme est d'étoupe, comme dans une cabine de sous-marin. De temps à autre, des portes s'ouvrent, des sas que l'on ne peut traverser que sous des masques stériles. Tout est cloisonné ici, hermétique au monde. Irréel. Quelque part là-bas, dans ce dédale de zones, de couloirs et de blocs, on est en train d'opérer Colombe.

Quand j'essaye de me visualiser à ce moment-là, dans cette salle d'attente, c'est à peine si je parviens à me donner forme. J'ai trente-deux ans mais je suis sans âge. Hagarde. Rencognée. Mon visage a disparu sous la bouffissure des nuits d'insomnie, des veillées inquiètes, des crises à contenir. Mes contours se délitent. Mon langage se rogne. Je ne me reconnais pas.

D'ailleurs, à cet instant précis, ce n'est pas dans mon corps que je suis : je suis au bloc avec Colombe. Je peux presque percevoir l'odeur aseptisée de la Bétadine, le murmure des soignants sous leurs masques de tissu, et jusqu'au froncement de paupière du chirurgien devant l'oculaire de son microscope. Je vois les lumières digitales sur l'écran des machines, où les pulsations de son cœur se dessinent par saccades régulières. Mon esprit survole la pièce, plane au-dessus des champs opératoires, de l'enchevêtrement compliqué de drains et de cathéters. C'est là qu'elle est ma Colombe. Son petit corps de quatre ans – un mètre zéro huit, dix-sept kilos – étalé sur le côté. Sur sa tempe gauche désormais nue, rasée puis badigeonnée de liquide jaune, on a creusé une fenêtre. Un petit trou carré, m'a expliqué l'interne, pour évacuer la collection de sang qui menace de comprimer le cerveau. J'imagine les images qui doivent peupler ses rêves au moment même où on l'opère. Des visions kaléidoscopiques, battements d'ailes de papillons, froissements de feuilles d'automne. Je sais bien qu'elle est dans le coma, que dans ces limbes sa conscience est trop diminuée pour qu'émergent des rêves ordonnés, des récits épiques comme ceux qu'elle nous raconte à son réveil tous les matins. Mais cette fois, c'est là, sur cette table d'opération, qu'elle livre son combat le plus valeureux. Celui qui fera d'elle une héroïne.

Les yeux clos, j'imagine que je suis là, tout près d'elle. Bats-toi, ma Colombe, je lui souffle à l'oreille. Bats-toi de toute ta force.

J'essaye de comprendre ce qui s'est passé. Déroule le fil des dernières heures, l'ambulance, l'IRM, les mots du médecin. Hématome extradural. Craniectomie en urgence. Le récit répété encore et encore, hier matin elle s'est cogné la tête contre le coin d'un meuble, mais non je vous assure tout allait bien, elle a à peine pleuré, un coup d'arnica, un bisou et hop c'était fini, pas de vomissements non, rien d'inhabituel, et puis tout à l'heure je l'ai retrouvée comme ça, inconsciente dans sa chambre, qu'est-ce qui se passe, dites-moi je vous en supplie, elle va s'en sortir ma fille ? L'infirmière me presse de questions, veut connaître le récit de ce choc sur la tête et des symptômes qui ont suivi. Antoine aussi me demande cent fois, c'est quoi cette histoire, pourquoi tu ne m'as pas dit qu'elle s'était cognée ? J'essaye de me souvenir, rembobiner les images. Mais tout se brouille et se mélange. La seule chose qui me revienne, c'est la vision de son corps étendu sur le parquet quand j'avais ouvert la porte de sa chambre. Le buste qui tremblait. Sa petite tête ballante. La conscience soudaine de sa fragilité.

Alors soudain, hors de tout contrôle, presque animal, un râle sort de ma gorge et me vrille l'abdomen.

— Tout va bien ? Vous ne voulez pas dormir un peu ?

Au-dessus de moi se penche une infirmière.

— Est-ce qu'il y a du nouveau ?

— Non, pas encore. On vous prévient dès que possible.

Et de nouveau, le silence.

Il est une heure passée. Sous mon pull, je sens mes seins tuméfiés, douloureux. C'est le moment de la tétée pour Jacob. Il faudrait que j'aille aux toilettes pour les dégorger un peu. Je serre les dents. C'est la première fois que je passe une nuit sans lui. « Allez, je reste, a dit Antoine tout à l'heure, toi tu seras plus utile à la maison. » Mais je n'ai pas dévissé mes mains de la chaise. Impossible d'être ailleurs qu'ici. Même impuissante, je ne peux pas la laisser. C'est donc lui qui est rentré, prendre le relais auprès d'Adèle et de Rose qui ont gardé le petit alors qu'on était aux urgences. Il y a du lait en poudre à la maison, cela fera l'affaire. Tant pis pour la tétée manquée. Le moins que je puisse faire, c'est ne pas bouger d'ici. J'ai l'impression que si je pars, ce serait l'abandonner en plein combat. La livrer à quelque chose qui me dépasse.

Triste ironie du sort : il y a trois mois à peine, c'est sur Jacob que je veillais, ici même à l'hôpital, quelques étages plus haut. Sensation de déjà-vu. Trente-deux semaines de grossesse et césarienne en urgence. Pic de tension, souffrance fœtale. Même impression de vivre tout cela de l'extérieur, de perdre le contrôle sur la vie. Et puis cette rencontre avec lui, si minuscule qu'il en semblait irréel, le poids d'un moineau, la peau en transparence, le petit torse qui se soulevait et s'affaissait sous l'enchevêtrement de tuyaux, comme un cœur battant à nu. J'en ai pris conscience immédiatement, à la seconde même où je l'ai vu derrière la vitre de la couveuse, derrière les sondes et les pansements : Jacob serait aussi vulnérable que Colombe était forte ; et désormais, toute mon énergie, toute mon attention ne se concentreraient que sur lui. Je le veillerais jour et nuit ; je tirerais mon lait pour qu'il reçoive le meilleur ; qu'importe la douleur, je l'allaiterais aussi longtemps que possible. Je compenserais toutes les semaines qu'il n'avait pas passées dans mon ventre, toutes ces semaines aussi où je l'avais ignoré, où j'avais négligé son importance. Je deviendrais cette mère combative que je n'avais pas su être la première fois – inépuisable.

Je le sais, maintenant, que je me suis trompée, que le plus fragile de mes enfants n'est pas celui que je croyais. Car pendant toutes ces semaines où je n'ai pas voulu quitter le service de néonatalogie, où je me suis à peine occupée de Colombe pour me consacrer à son petit frère, je n'ai pas vu qu'elle avait tout autant besoin de moi, et que c'était elle finalement que j'étais peut-être déjà en train de perdre.

Comment Colombe avait-elle traversé tout ça ? Je m'en étais à peine souciée. Ma mère était venue en Alsace nous prêter main-forte le temps que Jacob sorte de néonat. « Avec moi, pas de souci », claironnait-elle sans arrêt – alors, je faisais confiance, je laissais faire. Antoine me donnait des nouvelles, m'envoyait des photos, me disait : « Elle a hâte de te retrouver, tu sais. » Oh, moi aussi, elle me manquait. Mais d'une certaine manière, je sentais que j'avais besoin de cette distance entre nous deux pour faire connaissance avec Jacob ; que ce temps m'était nécessaire et salutaire, et que je n'avais pas le droit de le lui enlever.

Je redoutais notre retour à la maison. Je savais ce que cela signifiait : deux enfants à gérer alors que j'étais déjà au bout de mes forces ; des mois à venir sans sommeil ; Antoine bientôt de nouveau au travail et au chantier, à fleur de peau je le sentais bien, éprouvé lui aussi par tout ce qu'il avait porté ces derniers mois.

Mais ce que je redoutais surtout, c'était Colombe. Ses émotions comprimées pendant trois semaines, et dont je savais qu'elles m'exploseraient à la figure comme un retour de flamme, dès l'instant où je sortirais de la maternité et où je franchirais avec Jacob le seuil de la maison.

Je m'étais toujours imaginé qu'en sœur aînée elle haïrait son petit frère comme il se doit. Qu'elle chercherait à lui nuire, à le mettre en danger, au mieux l'ignorerait d'un mépris superbe. Mais à ma surprise, elle l'aima dès l'instant où elle le vit. D'un amour sans bornes, sans condition. Elle le couvait, l'embrassait, le grattouillait, le reniflait, parfois même découvrait son petit torse et approchait de sa bouche un téton minuscule et incolore. Elle tournait autour de lui, autour de nous, voulait toucher, se collait, suppliait – et ce contact permanent crispait chaque muscle de mon corps. Je craignais qu'elle ne le blesse avec sa brusquerie, qu'elle ne l'écrase, le fasse tomber. Je déployais toute mon énergie à le protéger d'elle.

— Arrête, Colombe. Va jouer ailleurs s'il te plaît.

Se sentait-elle trahie ? Avait-elle compris, comme une intuition venue de souvenirs immémoriaux, que je donnais à son frère tout ce dont je l'avais privée quand elle était née ? Du haut de ses quatre ans, elle semblait déjà capter toutes mes failles, toutes mes erreurs. Et plus je me dévouais à Jacob, plus elle me rappelait tout ce que, avec elle, j'avais manqué.

— Moi aussi je buvais ton lait, maman ? Moi aussi je dormais avec toi, hein, dis ?

— Avec toi, ma puce, c'était un peu différent. Tu étais forte toi, tu t'en sortais bien. Jacob est tout petit, tout fragile. Il devrait encore être dans mon ventre maintenant. C'est pour ça qu'il a besoin de moi.

Elle ressortait les albums de photos, me pressait de questions, voulait savoir comment c'était quand elle était bébé. J'esquivais, je contournais. Parfois je m'irritais.

— Arrête veux-tu, on verra ça plus tard. Jacob a besoin de calme.

Fin octobre, on fêta son anniversaire, et peu de temps après, Antoine retourna au travail.

De nouveau, la porte qui se referme tôt le matin, et qui ne s'ouvre que tard le soir, et entre les deux, comme sur une île, nous trois.

Reprise du quotidien, gestion des horaires, allers-retours à l'école, repas à préparer. Je me perds dans le rythme des changes et des tétées, dans les rouages de la poussette qu'il faut plier et déplier, dans l'amoncellement continu de vêtements et de vaisselle. Je l'ai voulue cette vie de maman : je l'ai maintenant, dans ce qu'elle a de plus rugueux. Chaque jour je m'étiole un peu plus, tête dans le guidon, muscles tendus, bras qui flageolent. Corps flétri, suintant le lait et la sueur. Au fil des semaines, mon armure se disloque, tombe en lambeaux. Je suis à nu. Ce qui ripait autrefois sur moi m'atteint maintenant jusque dans ma chair. Je ne supporte plus rien. Pourtant, Jacob est un bébé calme. Lisse et paisible comme une eau qui coule. Il ressemble à Antoine. Fragile et serein en même temps. De grands yeux moirés qui posent déjà sur le monde un regard contemplatif et étonné. Mais face à lui, l'agitation de Colombe me semble décuplée ; sa présence me crispe, agace en moi quelque chose qui, je le sens, pourrait se lever, déferler, tout détruire sur son passage. Ses crises ne sont pas plus terribles qu'auparavant, mais chaque fois, elles grignotent un peu plus en moi ce qui me reste de raison et de patience. Alors je ne les affronte même plus : je les décime. Plus l'énergie de discuter, de négocier, de consoler. Je recommence à hurler. À l'humilier. Tais-toi. Tais-toi, je ne t'écoute plus. Mes mains vissées autour de ses petits bras. Qu'est-ce que j'ai fait pour avoir une fille comme toi. Mon visage contre le sien. Sorcière, harpie. La jette dans la chambre, m'adosse contre la porte. Va-t'en c'est fini je ne veux plus te voir.

Des visions brouillées me traversent. Je ne sais même plus d'où elles viennent, avant ou après la naissance de Jacob, ou plus loin encore peut-être, l'été dernier. Dans la maison de Guelbsheim les jours se suivent et se ressemblent ; je confonds tout. Tellement de cris, tellement de luttes, que je ne sais plus les distinguer. Parfois même, c'est d'autres images encore qui émergent, plus enfouies, plus reculées. Ce soir de décembre quand elle avait deux mois où j'avais hurlé sur elle au-dessus de la table à langer. La fois où j'avais secoué ma mère dans la maison d'Auboué après lui avoir annoncé que j'étais enceinte. D'aussi loin que je remonte, toute mon histoire avec Colombe ne s'est nouée que dans la colère.

Instinctivement, mes yeux se ferment, mes poings se crispent.

« Madame, c'est très important que l'on comprenne. Pour avoir un tel traumatisme, il faut que le choc ait été vraiment violent. Essayez de vous rappeler. »

Les mots de l'infirmière tout à l'heure me lancinent.

Mais non je vous assure, elle a juste trébuché, je ne sais pas moi, elle est si nerveuse cette enfant, si maladroite, elle faisait la folle dans sa chambre, je n'ai même pas eu le temps de voir ce qui s'est passé.

Mes mains se referment, et dans mon ventre aussi, dans mon cœur, quelque chose se broie.

Laminer l'image qui remonte en moi. Laminer l'évidence.

C'est moi qui l'ai poussée.

*

La nuit s'écoule, deux heures, trois heures. Sous le vent, la maison résiste ; la lumière grésille. Ses yeux se brouillent. Droit devant elle, sur la crédence en béton ciré, ce n'est plus une fissure qu'elle croit voir, mais toute une surface craquelée, fendillée comme une terre asséchée. Même pas la force de se lever et d'aller vérifier. Et dans cette nuit étrange qui ressemble à un rêve, elle ne sait plus très bien si c'est à la maison qu'elle se trouve, ou dans la salle d'attente de l'hôpital ; si elle a quarante-huit ou trente-deux ans ; si Colombe est une jeune femme partie fêter ses vingt ans, ou une fillette de quatre ans sous respirateur artificiel.

« C'est moi qui l'ai poussée. »

Elle se répète les mots.

Moi. C'est *moi* qui l'ai poussée.

Que s'était-il passé ? Quel grain de sable avait fait dérailler l'engrenage ? Pour être honnête avec elle-même, elle se souvenait très exactement de ce jour-là, un soir de décembre, le même à peu de chose près que celui où elle avait hurlé sur son bébé quatre ans plus tôt. Adèle et Rose arrivaient le lendemain par le train. Même pression, même angoisse à l'idée de leurs yeux exigeants posés sur son foyer. Il y avait Jacob qui pleurait plus que d'habitude ; il y avait Colombe toujours pendue à elle, et sa patience en miettes. « Tiens, si tu tournes en rond, va faire un dessin pour tes sœurs », lui avait-elle dit, calmement d'abord, et Coco, sagement, avait pris une feuille et des crayons et s'était mise à côté d'elle. « Regarde, maman, regarde ! », « Oui oui, ma puce, c'est bien ». Et puis elle était allée changer Jacob, et quelques minutes plus tard Colombe l'avait rejointe dans la salle de bains en brandissant son œuvre : « J'ai terminé ! » Sur la couche déjà sale, l'anus de Jacob continuait de déverser sa lie grumeleuse ; tout son dos était souillé, il fallait le baigner ; et dans cette confusion les yeux de Sylvia s'étaient furtivement penchés sur le dessin, juste le temps que s'imprime sur ses rétines un amas abscons de formes et de couleurs, « Ah oui c'est joli, ma puce », et en haut, en lettres grossières, son prénom qu'elle avait écrit à l'envers.

Pourquoi, se dit Sylvia, pourquoi à ce moment-là n'avait-elle pas simplement respiré, et dit d'un ton calme et posé : « Écoute, là je suis occupée avec ton frère, mais je viens voir ton dessin tout à l'heure, promis » ?

Au lieu de cela, elle avait jeté, comme ça, sans réfléchir : « Par contre, tu as écrit ton nom à l'envers. »

Comme si elle l'avait cherché.

Les hurlements de Colombe s'étaient soudain projetés contre elle, mêlés à ceux de Jacob, « Ah non hein, va te calmer dans ta chambre », sur les langes la merde continuait de couler, Colombe toujours plantée là, « Un deux trois je te préviens », mais rien à faire, au milieu des hurlements ses paroles avalées. Alors elle avait laissé les cris se cogner à elle, mutique, mâchoires vissées ; tant pis, elle allait terminer ce qu'elle avait à faire, laver Jacob, l'essuyer, le rhabiller, le mettre au lit. Pas un regard sur Colombe qui maintenant déchirait son dessin, le piétinait, se roulait par terre. La laisser faire. Terminer. Et une fois qu'elle avait posé le bébé dans son lit, en sécurité avait-elle pensé, comme déjà consciente de ce qui allait déferler, elle était retournée à la salle de bains, avait saisi Colombe par le bras et l'avait traînée jusqu'à sa chambre. « Arrête ! Tu me fais mal, arrête ! » ; seul dans son lit, Jacob hurlait ; en elle tout était vrillé, sonné, la rage dans le bide comme une bombe prête à éclater. Devant la porte, elle s'était baissée, son visage touchait celui de Colombe, et à son tour enfin elle avait hurlé, tu vas te taire, tu vas te taire, et ses bras hors de contrôle, remplis d'une force dont elle ne se serait jamais sentie capable.

En une fraction de seconde, le corps de Colombe s'était désarticulé comme un pantin et la tempe gauche avait heurté le coin de la commode. Elle se souvient du bruit. Net, sourd. Un craquement. Du silence qui avait suivi, inhabituel au milieu des cris qui fusaient sans cesse dans la maison. Pendant un instant les battements de son cœur s'étaient suspendus, comme si elle avait pressenti la gravité du choc. Elle s'était approchée, essoufflée, sentant la raison revenir en elle par saccades. « Ça va, tu es sûre ? » – et puis Colombe s'était relevée, un peu hébétée c'est vrai, mais sur ses pieds ; elle l'avait soignée, consolée, pardon je ne voulais pas te faire de mal, maman est si fatiguée tu sais ; mais comme Jacob pleurait encore elle y était retournée, sans se poser de questions. Une dure à cuire ma Colombe. C'est ce que quelque part elle avait dû se dire, trop épuisée pour gérer une alarme de plus. C'est ce qu'elle s'était dit d'ailleurs jusqu'au lendemain, malgré son air vaseux, son regard un peu désaxé, ses jambes qui flageolaient plus que d'habitude. Adèle et Rose arrivaient par le train de dix-sept heures, Antoine allait les chercher après le travail ; c'était le début des vacances de Noël et il y avait mille choses à faire, les courses, le repas, alors pas le temps de tergiverser, elle en a vu d'autres ma fille, elle tiendra le coup. « Maman, je veux rentrer », disait-elle au supermarché, traînant les pieds, avachie comme une masse contre ses jambes. Mais Sylvia n'écoutait pas, un caprice elle se disait, juste envie de la faire suer. Et quand de retour à la maison, en rangeant les courses elle avait aperçu ses jambes chanceler au-dessus du transat de Jacob et manquer de le renverser, elle n'avait pas réfléchi : « Qu'est-ce que tu es encore en train de l'embêter ? C'est bientôt fini tes bêtises ? », et sous ses pleurs elle l'avait de nouveau traînée dans sa chambre. Combien de temps s'était-il passé avant qu'elle ne s'inquiète ? De combien de minutes de silence avait-elle profité pour terminer ce qu'elle avait à faire, comme un répit inespéré, ignorant en elle ce qui aurait dû lui paraître anormal ?

C'est là pourtant, tandis qu'elle rangeait ses courses dans la cuisine, que sous la tempe l'hématome s'était épanché, que les tissus gorgés de sang s'étaient mis à gonfler, et que Colombe était entrée dans le coma.

*

La nuit s'effiloche. Quatre heures. Cinq heures. Bientôt toute une journée que je n'ai pas dormi. J'ai tenu bon, comme un soldat au garde-à-vous. Mais maintenant que l'aube arrive, que le service s'anime l'air de rien dans le ballet du changement d'équipes, je me sens doucement ployer. La fatigue me rattrape. Autour de moi, les choses vacillent.

« C'est moi qui l'ai poussée. »

J'en suis sûre maintenant, que je l'ai tuée – et pas simplement en projetant son corps contre le rebord d'une commode, mais en broyant jour après jour tout ce qu'il y avait en elle de pur et de lumineux. Alors dans un dernier sursaut avant que le sommeil ne me foule, je me fais une promesse. Plus jamais ça, je me répète. Plus de violence, plus de cris. Promis, ma Colombe, si tu vis je serai la maman que je n'ai jamais été. Promis, maintenant c'est fini, je construirai autour de toi un îlot de paix et de douceur ; je t'envelopperai d'amour et de patience. Je serai assez forte pour accueillir tes colères sans que celles-ci m'atteignent ; j'aurai assez confiance en nous pour que tu te heurtes à moi sans que cela m'ébranle. Je serai ton refuge. Le socle sur lequel tu t'appuieras. Je ne faillirai pas. Promis, ma Colombe, je t'aimerai comme tu es, avec ton grain de folie, ton énergie débordante et ton fichu caractère – et tant mieux si tu ne me ressembles pas, si tu ne deviens pas la femme sage et effacée, sans volonté ni consistance, que j'ai toujours été ; tant mieux si tu n'es pas comme tes sœurs, froides et inaccessibles, incapables de donner quoi que ce soit. Tu seras plus belle qu'elles. Plus vivante, plus solaire. Ta vie à toi sera fougueuse. Haletante. Je peux déjà l'entrevoir. Presque la toucher du doigt. Sous mes paupières lourdes, je la dessine. Tes potes, tes voyages, tes délires. Nous tous autour de toi, nous t'attendrons comme un port dans lequel tu reviendras. Tu grandiras. Confiante, solide. Et même si je ne pourrai jamais complètement réparer ce qui a émaillé ton enfance, même si tu le porteras toujours en toi comme un accroc, je ferai de mon mieux pour que tu te construises, que tu te dépasses. Que cette histoire te devienne à jamais une force.

*

Un grincement la réveille en sursaut.

À quel moment s'est-elle assoupie ? Elle n'a rien entendu, ni les pneus de la voiture crisser devant la maison, ni la clef tourner dans la serrure.

— Colombe, c'est toi ?

Pas de réponse, et pourtant ça ne peut être qu'elle, ces bruits de froissement dans le vestibule, ces pas un peu balourds qui remontent l'escalier sans se soucier d'être discrets.

Dieu merci, sa fille est là. Rentrée à bon port, saine et sauve, prête à entamer sa vingt et unième année par une honorable grasse matinée. Dieu merci, tout va bien ; il n'y aura pas de drame, pas aujourd'hui. Même la tempête dehors semble s'être calmée. Sensation de décompression. Tout son corps qui s'étire et se dénoue. Elle pourrait elle aussi remonter dans sa chambre, rejoindre Antoine et dormir, enfin, d'un sommeil long et ressourçant. Mais dans sa poitrine, elle sent le battement de son cœur qui s'emballe de nouveau. Quelque chose qui lui dit que, ça y est, le moment est venu.

Alors elle y va. Pousse la porte de la cuisine, traverse l'entrée. L'escalier a encore gardé la trace de l'odeur de Colombe, vague effluve d'essence, de cigarette et du parfum mêlé d'ambre et de cèdre qu'on lui a offert tout à l'heure. La porte de sa chambre est entrouverte. Pour la troisième fois de la journée, elle se retrouve devant. Elle devine sur le mur d'en face l'œil sauvage et mystérieux de Princesse Mononoké, comme un esprit qui défend son territoire. Mais aussi, sur le côté, cette commode en pin sur laquelle elle l'avait projetée seize ans plus tôt. Elle était sûre pourtant de s'en être débarrassée après l'accident. Comment a-t-elle pu la garder tout ce temps ?

Elle pousse la porte. Colombe est là. Debout, dos à elle, jambes nues déjà, aussi fuselées que quand elle était petite. D'un geste furtif, elle enlève son sweat, le jette à terre, et soudain la voilà en débardeur, dévoilant son bras noueux traversé de figures tribales – comme une amulette pour éloigner d'elle quiconque la soupçonnerait d'être fragile. « C'est elle, se dit Sylvia. C'est ma fille. » Son corps est sec, tendu ; elle en devine la puissance, les heures de muscu, cet acharnement à le mettre au niveau de ses futurs collègues. Il y a en lui une dureté ciselée, un refus de l'abandon qui, à vingt ans tout juste, ne devrait pas être permis. Pour la première fois peut-être, Sylvia le perçoit. Sous la carapace acérée, ce que l'âme de sa fille porte de bancal et d'abîmé.

— Vous êtes allés en boîte ?

— Oui.

— Pas de souci sur la route ? Avec la tempête qu'il y a eu…

— Quelle tempête ?

Colombe ouvre la fenêtre, s'assoit sur le rebord et, dans une ultime provocation, s'allume une cigarette.

— Bon, dit-elle enfin. On en parle ou pas ?

— De quoi ?

— Que tu sois partie comme ça, en laissant tout le monde en plan ?

— J'ai gâché la fête, pas vrai ?

Elle a dit ça calmement, en expirant une longue bouffée bleutée – presque avec délectation.

Sylvia reconnaît le piège qu'elle lui tend, identifie d'emblée la conversation qu'il va lui falloir éviter. Les reproches, la posture de victime. Tout ce qui pourrait la faire partir au quart de tour. « Ce n'est vraiment pas correct, tu aurais pu dire au revoir tout de même » ; « Et tu as pensé aux invités, à tous ces gens qui sont venus de loin juste pour te voir ? » Ou pire encore : « Après tout ce que j'ai fait pour toi. »

— Bien sûr que non, répond Sylvia calmement. Mais j'étais vraiment inquiète.

Colombe ne dit rien. Elle termine sa cigarette, le visage tourné vers l'aube, son profil en ombre chinoise. Sylvia retient son souffle. Dehors, le vent s'est calmé ; pas un souffle ne vient rider la pelouse du jardin. Et pourtant, elle a toujours cette impression étrange, comme si les murs de la maison étaient encore instables, qu'à tout moment quelque chose pouvait céder.

— Coco, dis-moi, je t'en prie. Qu'est-ce qui ne va pas ?

D'un geste très lent, elle écrase sa cigarette, referme la fenêtre, lève son grand corps allongé. Elle est tout près d'elle à présent. Sylvia peut la sentir à nouveau. Cette colère qui cogne en elle comme tout à l'heure.

— Allez, vas-y. Si tu as quelque chose à déballer, fais-le maintenant. Je suis prête.

« Je suis prête », se répète-t-elle. Prête à ce que demain sa fille reparte à Montpellier sans lui avoir donné les gratitudes espérées. Prête à ce qu'elle ne revienne pas avant des mois, des années peut-être, et que peu à peu, trop grande, trop vide, la maison se ramasse sur elle-même comme celle d'Auboué. Elle le sait maintenant. Cela prendra le temps qu'il faudra. Si c'est ce dont Colombe a besoin pour avancer, régler ses comptes avec sa mère, alors elle encaissera.

— Tu t'attendais à quoi ? dit Colombe. Que je te dise merci ? C'est vrai, tu as fait tant d'efforts aujourd'hui, maman. Ma brave petite maman. Oh ça oui, tu as mis les petits plats dans les grands, avec ton buffet, ton gâteau et tes surprises. Mais pour qui au juste ? Pour impressionner Adèle et Rose ? Ou mamie peut-être bien ? Pour montrer à tout le monde combien tu sais tenir ta maison, combien chez toi tout est lisse, irréprochable ? C'est ça, je me trompe ?

— Tout ça, je l'ai fait pour toi, Colombe. Pour toi.

— Non, c'est faux. Tout ce que tu as fait, c'est te racheter une conscience. Te persuader que tout allait bien dans cette famille. Mais tu veux la voir la vérité ?

Et de deux doigts guidés vers la tempe comme un revolver, elle montre sa cicatrice.

— La vérité, maman, c'est que j'en peux plus, que j'ai la tête en vrille, que je peux pas passer cinq minutes sans avoir dans le crâne un marteau-piqueur qui me rend dingue, et que tous les matins il me faut une heure pour me mettre debout tellement ça pète à l'intérieur. Parfois, j'ai envie de tout dégommer autour de moi – tu comprends ça ? Parfois ça bout tellement que j'ai juste envie de cogner quelqu'un, de le faire crever, ou que je crève avec lui – tu te rends compte ? Et si jamais un jour je perds le contrôle, qu'est-ce qui va se passer, hein ? Qu'est-ce que je vais devenir ? Tu peux me le dire toi ?

— Ma puce…

— Non, tais-toi, j'ai pas fini. La vérité, maman, c'est que j'en ai marre d'être forte. Marre d'être la battante de la famille. Marre de faire semblant pour protéger Jacob, pour protéger papa et les filles. Et surtout, marre de te protéger, toi. Oui, toi. Tu croyais quoi ? Que quand je me suis réveillée de l'opération, le traumatisme m'a rendue amnésique ? Que par miracle tout s'est effacé, comme si on pouvait repartir de zéro, recommencer depuis le début ? Eh ben non, maman. J'ai appris à serrer les dents. J'ai fait ce que tu attendais de moi : j'ai survécu et j'ai grandi. Je suis devenue un roc. Mais j'avais quatre ans, maman. Quatre ans putain ! Quatre ans et toi qui me secouais en hurlant. Quatre ans et tes mains vissées autour de mes bras, tes reproches lancés à la figure, mon enfance bousillée. Qu'est-ce que tu crois ? Que j'étais assez forte déjà pour supporter ça ? J'étais terrifiée, maman. Terrifiée.

Colombe a dit tout ça d'une traite, presque sans reprendre son souffle ; ses yeux non plus n'ont pas dévié, fixés sur Sylvia comme des disques dont l'oscillation est presque imperceptible. Elle est droite, debout, seule immobile alors qu'autour d'elle tout semble chanceler. Sylvia la première baisse le regard. Elle aimerait lui dire : j'ai fait ce que j'ai pu. Elle aimerait lui expliquer tout depuis le début, cette violence en elle aux racines plus profondes qu'il n'y paraît – mais sa fille est trop rusée pour ne pas y débusquer une tentative de justification ; trop intransigeante pour se laisser apitoyer.

— Pardon, Colombe, murmure-t-elle simplement. Je te demande pardon.

Colombe s'adosse au mur, puis lentement, dans un soupir interminable, les mains autour des tempes, se laisse glisser comme si elle ployait de tout son poids. Sylvia cligne des yeux ; manque de chanceler. Est-ce qu'elle devient folle ? À son passage, derrière sa fille, elle l'a vu pourtant : comme un serpent qui court, le mur se fendiller.

— Maintenant, réveille-toi, maman. Tu vois. Je ne suis pas forte.

Sylvia s'approche. Dehors, le vent se lève à nouveau, s'engouffre dans la fenêtre ouverte. Sous ses pieds, le sol se dérobe. Elle aimerait la consoler. Être assez puissante à son tour pour l'envelopper. Mais autour d'elle plus rien n'est stable ; les choses tremblent et se déforment :

— Tout ce que je voulais, c'était... que cette journée soit réussie.

À ce mot, Colombe relève la tête vers elle, se remet debout, et en un instant la voilà de nouveau face à elle.

— « Réussie » ? « Réussie ? »

Ses mains agrippent ses poignets ; son visage est désormais si proche du sien qu'elle peut presque respirer son souffle.

— Mais putain, quand est-ce que tu vas arrêter de te raconter des histoires ? Hein, dis-moi, quand est-ce que tu vas te réveiller ?

Une illusion encore, ce bruissement tout autour d'elle, comme les prémices d'un grondement ?

— Ouvre les yeux, maman ! Ouvre les yeux !

Elle hurle maintenant, la secoue, pétrit ses bras de ses mains – « Réveille-toi ! Tout ça c'est du vent, maman, c'est du vent putain ! » Sa voix s'éraille et s'étouffe. D'abord Sylvia ne saisit pas ; et puis soudain, elle le perçoit, très nettement.

Le dernier craquement.

Sur le mur, la fissure grande comme un bras qui s'ouvre et se déploie.

— Qu'est-ce qui se passe ? Qu'est-ce qui se passe ?

Déchiré en deux, le visage altier de Princesse Mononoké.

— Réveille-toi, maman ! Réveille-toi !

Pliée, la commode en pin, comme si elle était de carton.

Et tandis que le plafond se disloque et que la poussière pleut sur elles, tandis que les pans de mur se rompent sous leurs yeux, Colombe se réfugie dans ses bras. Alors seulement, au moment où elle peut enfin la tenir contre elle et respirer son odeur, alors seulement, elle comprend.

— Réveille-toi, maman !

Elle comprend que toute la maison est en train de s'écrouler comme un château de cartes, et que de cette implosion il ne restera rien : la cuisine, le salon où tout à l'heure encore la famille était réunie, la terrasse et ses lampions suspendus, toutes les pièces les unes après les autres. Éboulés, le sol en béton ciré, ces murs qu'elle croyait si solides ; saccagée, sa forteresse aux lignes épurées. Elle comprend aussi que personne ne sera épargné, ni Antoine, ni Rose et Adèle, ni Jacob qui dorment paisiblement dans les chambres d'à côté ; dans la secousse, leurs visages qu'elle a mûris et ridés, leurs corps qu'elle a grandis, leur vie qu'elle a modelée, tout cela, elle le sait, sera détruit. Détruits aussi, plus loin, sa mère, Caro, Joshua et puis les autres, Charlotte, Eliot et Alba qu'elle a façonnés de toutes pièces. Arrête tes histoires, maman ! Réveille-toi ! Détruits, la fac à Montpellier, le projet d'école de police et les médailles de karaté, détruits les souvenirs fabriqués d'enfance heureuse, les photos qu'on n'aura jamais prises, les rires, la douceur et les promesses ; détruite enfin, la mère de famille dans laquelle elle s'était projetée, prévenante, organisée, la mère accomplie au milieu de sa maison comme sur les images léchées des blogs qu'autrefois elle consultait. Tout ça, balayé, rasé. C'est du vent, maman, c'est du vent. Au creux de ses bras, Colombe hoquette. Frappe sa poitrine de ses poings. Autour d'elles, tout s'effrite et se disloque. En lambeaux, la vie belle et solaire qu'elle lui avait imaginée. Elle la serre, de toutes ses forces la retient. Car elle sait qu'à la fin le dernier rêve qui s'étiolera, ce sera celui-là – et qu'à son réveil tout ce qui lui restera, c'est une salle d'hôpital aux murs aseptisés et l'attente d'une petite fille de quatre ans que personne encore n'aura sauvée.

Réveil en tétanie. Dos en nage, cheveux trempés. Écarquillement des paupières. Vacillement des formes et des contours. Il me faut plusieurs secondes pour m'habituer à la blancheur aveuglante des néons et retrouver, comme à tâtons, la conscience des choses. Le poids du téléphone au creux de ma main, qui affiche cinq heures cinquante. Les messages d'Antoine qui défilent sur l'écran : « Du nouveau ? Tu tiens le choc ? », « Jacob a bu 90 et dort sans problème », « Impossible de dormir. Rose et Adèle non plus. On pense très fort à Coco. »

Je me lève, un peu chancelante. Au loin, j'entends des bruits de sas qui s'ouvrent et se referment. Devine des pas qui s'approchent. Et mon cœur se suspend. Mon ventre se vrille. Je serre un peu plus fort entre mes ongles la peau de mes bras, comme pour m'assurer une dernière fois que je suis bien là, que cette fois il n'y a pas d'issue possible, plus de rêve où s'échapper, plus de futur à imaginer. Le moment présent n'a jamais eu autant de poids.

Le chirurgien entre dans la pièce.

— Vous êtes la maman de Colombe ?

C'est un homme immense, aux longues mains de charpentier, rassurant, et de sa voix rocailleuse il commence par me dire :

— L'opération s'est bien passée.

Je comprends que Colombe est sauve, qu'elle a gagné son premier combat, je comprends qu'elle va vivre, et le reste de ses paroles coule sur moi sans riper. J'entends des mots, évacuation de l'hématome, contrôle des troubles neurovégétatifs, surveillance accrue, prochaines heures décisives. J'entends risque de séquelles, rééducation, ce sera long, madame, pour l'instant il faut attendre, on viendra vous chercher quand elle sera réveillée. Et puis sa main qui se pose sur mon épaule. C'est une battante votre petite.

Sensation de décompression. Tout mon corps s'étire et se dénoue. Besoin de dégourdir mes jambes, me remettre en branle, retrouver mes forces avant la longue journée qui se prépare. Comme si le sang circulait à nouveau dans mes veines, je quitte la salle, traverse les longs corridors, franchis les sas, longe les baies vitrées. Appelle Antoine pour lui annoncer la nouvelle. Soupirs, sanglots de soulagement à l'autre bout du fil. Il me dit, moi aussi cette nuit j'ai beaucoup réfléchi, maintenant je vais lever le pied, tant pis si le chantier prend du retard, je serai plus présent, pour Colombe, pour Jacob, pour toi aussi, promis, Sylvia, je te laisserai moins seule. Rose et Adèle s'emparent du combiné : on a préparé un sac pour Coco avec plein de trucs qu'elle aime bien, histoire qu'elle tienne le coup à l'hôpital, ah et puis son Pierrot Flagada aussi, faut pas que papa oublie tout à l'heure, oui oui t'inquiète on s'occupera de

Jacob, on gère bien comme baby-sitters, allez bisous – et surtout tu dis bien à Coco qu'on l'aime, hein, Sylvia ?

Dehors l'aube se lève, presque sanguine, comme si le jour aussi reprenait son pouls. Je reste encore un peu sur le parvis, à regarder les boulevards s'animer, la vie qui bruisse à nouveau. Dans quelques heures, Colombe se réveillera. Dans quelques heures, je le sais, c'est une autre bataille qu'il faudra commencer, d'autres épreuves qu'il faudra traverser – alors je reprends mon souffle, je serre les poings.

Peut-être qu'il fallait aller jusque-là. Peut-être que c'était ça, ma dernière limite. Et que maintenant, si je lâche prise, tout va bien se passer.

Lentement, calmement, je retourne sur mes pas. Traverse en sens inverse les longs couloirs feutrés. Dans ma tête le mécanisme s'est remis en route ; la liste de choses à faire s'égrappe, les coups de fil à passer, les gens à prévenir, ma mère, l'école, toutes les affaires à préparer, les jouets que je pourrais lui apporter. Mais à l'approche de la salle d'attente, mes pas s'amortissent. Au loin, devant la porte, une jeune femme discute avec l'infirmière. Coupe courte, slim noir, rangers aux pieds. Je m'approche et mon cœur cogne. Je m'approche, et à mesure que se dessinent devant moi sa silhouette fuselée et sa petite tête d'oiseau, à mesure que ses yeux se lèvent vers moi et qu'elle s'avance à son tour – « C'est bien vous la maman de Colombe ? », je me dis, non, pas possible, je rêve encore ; « Vous pouvez me suivre s'il vous plaît ? », sa main sort de sa poche un badge plastifié, et quand j'y lis, en lettres rouges, le mot POLICE, pour peu, j'aurais presque envie de sourire – et lui dire : « Je vous connais. »

Table des matières

Première partie : Rencontres

Six heures 17
I 29
II 39
III 51
Onze heures 67
IV 81
V 91
VI 103
VII 111
Treize heures 115
VIII 129
IX 147
X 161

Deuxième partie : Collisions

Dix-sept heures 165
XI 183
XII 193
XIII 205
La nuit 215

Cet ouvrage a été imprimé en France par
CPI Firmin-Didot
16 rue Firmin Didot
27650 Mesnil-sur-l'Estrée (France)

pour le compte des Éditions Fayard
en mars 2021

Photocomposition Belle Page

N° d'édition : 18-0667-7/1 - N° d'impression : 163352